¡Ojo!
¡Vranek parece totalmente inofensivo!

Editorial Bambú es un sello
de Editorial Casals, S.A.

© 2010, Editorial Casals, S.A.
Tel.: 902 107 007
www.editorialbambu.com
www.bambulector.com

Diseño de la colección: Miquel Puig
Ilustraciones interiores y de la cubierta: Monse Fransoy
Título original: *Achtung! Vranek sieht ganz harmlos aus!*
© 2001, Patmos Verlag Gmb H&Co.KG
© 2010 sobre la traducción, Soraya Hernán-Gómez
Sauerländer Verlag, Düsseldorf
Publicado por primera vez en 1974, Jugend
und Volk Verlagsgesellschaft m.b.H., Viena

Primera edición: abril de 2010
ISBN: 978-84-8343-087-3
Depósito legal: M-536-2010
Printed in Spain
Impreso en Anzos, S.L., Fuenlabrada (Madrid)

The translation of this work was supported by a grant
from the Goethe-Institut which is funded by the German
Ministry of Foreign Affairs.

¡Ojo! ¡Vranek parece totalmente inofensivo!

de
Christine Nöstlinger
(en realidad, de Lele Binder)

Ilustraciones de
Monse Fransoy
(en realidad también, de Lele Binder)

Traducción de
Soraya Hernán-Gómez

bam bú
EDITORIAL

Comentario inicial necesario

Al principio no teníamos ninguna intención de ir anotándolo todo, porque creíamos que el señor Prihoda, que es periodista en el diario local, iba a sacar la historia en forma de capítulos por entregas, ¡que es lo que prometió!

Día a día íbamos repasando el periódico: desde el principio, pasando por las noticias internacionales, los procesos judiciales por asesinato, las recetas culinarias y hasta repasamos las ligas de fútbol más insignificantes. Nunca había ni una sola mención sobre nosotros.

Llamamos a Prihoda por teléfono, pero hizo que nos dieran el recado que le habían trasladado a Linz; lo que era una mentira como la copa de un pino, porque al día siguiente le vimos, y él también nos vio a nosotros y al vernos salió corriendo.

Mi papá dice que no me enfade con el señor Prihoda, que él solo es un colaborador independiente del periódico y que no puede escribir lo que él quiere, sino lo que le encargue el redactor. Por eso, ayer en la reunión del Club del Sótano, decidimos ir anotándolo todo nosotros mismos.

Y no es porque nos guste escribir, ni porque queramos darnos importancia por nuestras hazañas, sino como advertencia urgente a todos los niños del mundo.

Y como la historia comenzó en mi casa y también terminó allí, los compañeros del club decidieron por mayoría de dos tercios que yo era la que tenía que hacerme cargo de esta tarea.

Y no se puede ir en contra de una decisión tomada por dos tercios.

Así que voy a empezar

Me llamo Leonora Elena Binder. Mi mamá me llama Lene. Papá me llama Leo (antes de mi nacimiento le hubiera gustado más tener un hijo, pero a estas alturas ya ha reconocido que, como mínimo, puedo ser tan útil como cualquier chico de hoy en día.)

Como mamá me llama Lene y papá Leo, los niños me llaman Lele. Solo Hansi Krenn, que me adora, me llama Leonora. La segunda *o* la estira mucho. ¡Leonoooora!

Los niños, de los que va a hablar nuestra historia, pertenecen todos a nuestro Club del Sótano.

Voy a copiar nuestra lista del club. ¡Está al final de mi explicación!

(Los cargos, que vienen después de los nombres, no son del todo ciertos. Es que en aquel momento no sabíamos cómo funciona eso de crear un club, así que Edi Meier nos trajo la lista de socios del club de su abuelo, que está en la Asociación de Ahorro Herrerillo Castaño y de ahí copiamos los cargos.)

Todos vivimos en la misma urbanización de viviendas. Nuestras asambleas tienen lugar en el trastero de los Reisl, que se encuentra en el mismo bloque en el que vivo yo.

Todos tenemos entre diez y doce años. Excepto Jacky Huber que solo tiene siete. Pero de todos modos él solo está en calidad de hermano y únicamente para ir a por refrescos y para hacer de mensajero. Además, de todos modos no participó en la historia, porque precisamente estaba con escarlatina.

✱ LISTADO DEL CLUB ✱

Joschi Biminger: 1er presidente
Edi Meier : 2° presidente
Jonni Huber : 1er secretario
Hansi Krenn : 2° secretario
Wolfi Reisl : tesorero y propietario
del sótano (en realidad hijo del
propietario)

Lele Binder : socio
Irene Matouschek: socio
Jacky Huber : socio

✱ Socios invitados

Friedrich Gunselbauer :
cuando sus padres están peleados
(lo que ocurre a menudo) y él va a vivir
con su abuela.

Takis y Christos Patakos : en el
transcurso de la historia han
ascendido a miembros ordinarios.

Heidi Benedikt : que espero que
nunca ascienda a miembro
ordinario, ¡¡¡porque no la soporto!!!

Ahora voy a dejar la introducción y voy a empezar a hablar de lo realmente importante

En casa se da una situación poco habitual. Nuestro piso es demasiado grande. Por eso mi mamá le ha alquilado una habitación al doctor Vranek. El doctor Vranek vive con nosotros desde que tengo uso de razón. Antes era profesor de matemáticas en el instituto. Pero a pesar de que Vranek es muy matemático, la cosa no funcionó. ¡Y no me extraña! Porque es bajito, calvo y no es nada gracioso. Además solo puede hablar en voz baja y cecea mientras lo hace. (Hansi Krenn dice que eso es por su dentadura postiza, que a su abuelo también le pasa. Mi mamá dice que no es por la dentadura postiza, porque el señor Vranek ya ceceaba cuando aún tenía sus dientes de verdad.) El caso es que los niños en el colegio siempre conseguían hacerle enfadar y él ni siquiera podía gritarles como es debido por lo de su voz de ceceo bajita y débil. Una vez le debieron alterar de mala manera, fue algo de un despertador *rinrineando* que se iban pasando en la clase de una fila a otra. Vranek jadeaba tras el dichoso reloj pero aun así no lo pudo atrapar; además, justo al lado estaba Dirección y Vranek no solo temía a los alumnos, sino también al director, que seguro habría oído el *rin-rin* del despertador.

No estoy del todo segura de que sucediera como digo. A mamá no le gusta contarme esas cosas. Tiene miedo de que luego vaya al colegio y lo ponga en práctica.

La cuestión es que a Vranek le dio un ataque de nervios. Primero le llevaron al hospital y luego le trajeron a casa. Se pasó medio año metido en la cama gimiendo. Luego ya se puso bien otra vez, pero algo le quedó. En cuanto veía a un niño, empezaba a temblar como un martillo neumático. Eso no lo remediaban ni las gotas, ni los jarabes. Tuvo que jubilarse anticipadamente, porque de tanto tembleque no podía sostener ni la tiza. Y en casa, yo siempre me tenía que esconder de Vranek para que no le diera ningún ataque. A mí no me importaba. De todos modos soy una niña que para poco en casa.

Mamá, que tiene al doctor Vranek en gran estima, ha intentado muchas veces hablarle para que se olvide de esos temblores, pero entonces Vranek siempre dice:

–¡Señora Binder, llegará el día en que ya no tenga que echarme a temblar! Pero mientras los niños sean así, ¡cómo no va uno a temblar!

Y el *mientras* y el *así*, los recalcó con mucha entonación. De una forma muy extraña. Y ya entonces me dije: «¡Lele, mantente alerta!»

Vigilé a Vranek. Se pasaba el día sentado en su habitación haciendo cuentas y escribiendo hasta muy entrada la noche. Gastaba cada día un paquete de cien folios. Ni siquiera se iba a pasear por las tardes.

–*Mientras* los niños sean *así* –le dijo a mamá–, ¡entonces tendré que seguir quedándome en casa!

Hasta la última molécula de mi ser sintió que Vranek estaba tramando algo. Entré un par de veces en su habitación, con la llave de reserva, mientras él se había ido a comer al bar La Posada. En la habitación había toneladas de papel amontonado. Todos los folios llenos de números y de signos. Y entremedias, la letra pequeña y redondeada del señor Vranek, que era muy difícil de leer. De lejos, su escritura parecía el dibujo de una alfombra persa. Naturalmente no entendí ni los números, ni los signos porque ni siquiera entiendo las frases de Tales[1]

---

1. Tales de Mileto: filósofo y matemático. El más famoso de los Siete Sabios de Grecia y considerado el primer filósofo de la historia. Tuvo como discípulo y protegido a Pitágoras. (N. de T.)

o la conversión de un número decimal en una fracción, y casi no podía ni descifrar la letra con forma de alfombra persa. Pero, eso sí, en casi todas las frases había una palabra densamente subrayada que, sin lugar a dudas, era ¡*niño* o *niños*!

En el Club del Sótano conté lo de los cálculos de Vranek. Pero a nadie le interesó.

–¿Qué quieres que trame ese gusano? –preguntó Jonni Huber.

Y Joschi Birninger dijo:

–¡Lele, no seas tonta! ¿Qué cálculos va a sacar ese contra nosotros?

Y Hansi Krenn exclamó:

–¡Leonooooora, no se puede calcular en contra de los niños!

¡Luego mi sospecha cobró fuerza!

Porque Vranek le pidió prestada la máquina de escribir a mi papá. Dijo que tenía que redactar una carta al Ministerio de Educación porque ya había terminado con su invento. ¡Un invento que iba a cambiar la vida de todos nosotros!

Mamá le felicitó y le preguntó si había inventado una calculadora para niños o una pizarra especialmente buena.

Vranek contestó:

–No, no, querida señora Binder, es algo mucho, mucho más duradero... ¡marcará época! –Pero decir lo que era, no lo dijo. Tan solo añadió murmurando:

–¡Entonces, incluso usted, queridísima señora Binder, dejará de preocuparse!

Eso me reforzó en mi opinión de que tramaba algo en contra de los niños. Porque mi mamá siempre se quejaba de que yo soy su única preocupación.

¡Lo recuerdo perfectamente!
Era el 10 de octubre. Vranek había ido a comer a La Posada. Mamá estaba limpiando las ventanas del salón y yo tenía que haberme puesto a escribir una redacción para lenguaje. Se titulaba «Un acontecimiento divertido.» Pero como no se me ocurría ningún suceso que también le resultara divertido a mi profesora de lenguaje, me fui a la habitación de Vranek a echar un vistazo.

Esta vez, además de los montones de folios llenos de cálculos, también encontré en la máquina de escribir una hoja. En ella ponía:

Friedemann Vranek
Doctor en Matemáticas
1170 Viena
Camino Haber, 14 (casa de los Binder)

Y debajo había tecleado:
AL MINISTERIO DE EDUCACIÓN
A la atención personal y confidencial del señor ministro de Educación.

En esa hoja no ponía nada más. Pero al lado de la máquina de escribir había una pila de hojas escritas a mano. En la primera había escrito en letras mayúsculas:

APARATO – REGULA – ALUMNOS
INSTRUCCIONES PRECISAS PARA NOVELES

Necesité un cuarto de hora entero hasta que entendí el primer párrafo. No solo por la letra de dibujo de alfombra persa, sino también por su contenido.

El contenido decía:

El Aparato-Regula-Alumnos, que se denominará en lo sucesivo simplemente ARA, es una máquina completamente nueva y nunca vista, que puede convertirse para todos los profesores en una herramienta de ayuda ideal en sus clases.

El ARA revolucionará por completo el futuro. Con él, nuestra juventud, endurecida, deshumanizada y despojada de valores, podrá ser reprogramada a voluntad incluso de aquellos profesores menos hábiles y no tan populares.

¡Especialmente en tiempos de gran déficit de docentes, el ARA se me antoja un instrumento de gran necesidad!

Me quedé boquiabierta. Me leí el primer párrafo una y otra vez, sin darme cuenta de cómo pasaba el tiempo.

La ventana estaba un poco entreabierta, por lo que pude oír de repente a mi mamá, limpiadora de ventanas, gritar hacia la calle:

–¿Qué, ya hemos vuelto de comer, querido profesor?

Vranek subió lentamente los escalones, pero por desgracia solo vivimos en un primer piso. Me metí las páginas escritas a mano bajo mi jersey, luego abrí la ventana de par en par y salí de la habitación.

Justo cuando acababa de cerrar la puerta de la habitación con llave, Vranek abría la del piso con la suya. Me puse a cubierto tras el perchero. El profesor cruzó el recibidor hacia su habitación y abrió. ¡Lo había calculado bien y mi plan funcionó a la perfección!

Debido a la corriente de aire ocasionada por la ventana y la puerta abierta de la habitación de Vranek más la ventana abierta del salón que estaba limpiando mi mamá, todos los papelitos empezaron a volar por los aires. Fue como si nevara papel.

Vranek soltó un grito agudo y corrió por encima de los papeles hacia la ventana para cerrarla. El grito agudo atrajo a mi mamá.

Mamá también estaba muy consternada por el desorden de las pilas de papel y quiso ayudar al profesor Vranek a agrupar los papeles y ordenar.

Pero él no se dejó ayudar. Dijo que no era por desconfianza hacia mi mamá, pero que el asunto aún era muy secreto y que no podía dejar que nadie se acercara a su invento. Y añadió que incluso el descubrimiento más bendito podría convertirse en algo diabólico si caía en las manos equivocadas. ¡Más tarde pensé mucho en aquella frase!

Así que me quedé tras el perchero, hasta estar completamente segura de que Vranek no sospechaba de mí.

Luego salí de casa a hurtadillas y subí corriendo al tercer piso a ver a Hansi Krenn.

Al principio la señora Krenn no me quería dejar entrar a ver a Hansi, porque él estaba haciendo muy afanosamente sus deberes, y eso, ya de por sí, no ocurre a menudo, dijo la señora Krenn.

Yo le aseguré que tan solo iba a quedarme un minuto. Pero al final no me quedé un minuto, sino que tardamos una hora hasta que pudimos descifrar todas las páginas manuscritas. Y después, Hansi tampoco pudo seguir con sus deberes porque tuvimos que convocar una asamblea urgente del club.

¡Nuestro descubrimiento tenía que ser discutido de inmediato!

Hansi tenía toda la razón cuando dijo:

—¡Leonooora, este peligro no solo nos acecha a nosotros, sino a todos los niños del mundo!

Corrimos por todas partes reuniendo a los socios

A Reisl tuvimos que sacarlo del catecismo y a Edi Meier de la piscina. A Irene Matouschek de casa de su abuela. En el caso de Takis y de Christos solo tuvimos que silbar ante la puerta de su casa y ya estaban allí.

Con Joschi Birninger nos topamos de frente en el portal de casa. Iba de camino a la frutería a por zanahorias. Cuando se enteró de que había ocurrido algo horrible, pasó de las zanahorias, como es natural, y se quedó con nosotros.

A los demás miembros del club no los pudimos encontrar. Así que bajamos al sótano. Nos pasamos por alto la habitual ceremonia de apertura de la asamblea.

Hansi gritó enseguida:

–¡Hemos descubierto algo horrible!

Yo zarandeé en el aire los papeles substraídos y grité:

–¡Vranek ha inventado un ARA!

Hansi añadió:

–¡Y es la invención más malvada desde la escopeta!

Al principio todos se rieron como bobos. Pero cuando después Hansi y yo les explicamos la invención, se les quitaron las ganas de reír.

Hansi dijo muy serio:

–Aún no sabemos muy bien cómo funciona ese chisme. Lo único que tenemos es la descripción para novatos, pero una cosa está clara: ¡por medio de esta máquina endemoniada quieren convertirnos en indefensas marionetas manejadas por profesores y padres!

–*¿Qué significar?* –querían saber Takis y Christos. Ellos vienen de Grecia y no pueden comprender frases tan complicadas. Por eso Hansi les habló de forma más sencilla.

–A ese maldito ARA lo alimentan con un psicograma-infantil. Es decir, con las costumbres y las características del niño correspondiente que primero se perforan en una tarjeta. Luego, vuelven a alimentar el ARA. El profesor interesado introduce una tarjeta en la que ha agujereado cómo quiere que sea el niño. Y luego el ARA empieza a calcular y a susurrar, y calcula exactamente lo que tiene que hacer el profesor para moldear al niño a su gusto.

–¡Vranek garantiza en su última página, que con la ayuda del ARA, en un año, ya solo habrá niños obedientes, estudiosos, trabajadores y modosos en todo el mundo! –dije interrumpiendo a Hansi.

Mientras hablaba, me entró tal susto que se me puso carne de gallina por todo el cuerpo.

Hansi sostuvo la linterna del club sobre el manuscrito y leyó en voz alta: –Punto 23. Naturalmente, el ARA, únicamente puede cambiar a posibilidades dentro de los parámetros dados. Es decir, que está capacitado para calcular con exactitud, qué ejercicios y en cuánto tiempo los puede realizar un niño con un grado de inteligencia concreto. Excusas como: «¡Eso no lo entiendo!», o «¡El profesor no me lo ha explicado bien!» quedan descartadas. Por otra parte, también se descartan pretextos tan populares en los círculos de los niños, como el dolor de cabeza, de barriga o de garganta. El ARA es capaz de detectar en cualquier momento cuadros de enfermedad fingidos y señalizarlos con una luz roja.

Irene gritó:

–¡Para! ¡Para ya de leer, que eso no hay quién lo aguante!

Continuamos un buen rato reunidos y discutiendo la situación. Sobre todo tuvimos que explicarles a Christos y a Takis el funcionamiento de la máquina ARA.

–*Valer ese máquina* –preguntó Takis cuando entendió–, *¿valer ese máquina también para niño de extranjero?*

Joschi Birninger y Edi Meier opinaban que el ARA a buen seguro que no se emplearía en los niños de los extranjeros, porque de todos modos esos nos les importan un bledo a nadie. Pero los demás opinamos que los niños de los inmigrantes serían los primeros en los que se utilizaría, porque esos niños son los que menos se parecen a cómo los quieren los adultos.

Entonces Takis y Christos gritaron:

–*¡Máquina tiene que ir fuera! ¡No poder construir máquina!*

A esa opinión nos unimos todos los demás.

Pospusimos la asamblea al día siguiente y prometimos pensar en qué hacer contra el profesor Friedemann Vranek y su Aparato-Regula-Alumnos.

Cuando llegué aquella noche a casa, escuché a Vranek maldecir en su habitación.

Mamá dijo preocupada:

–¡El pobre profesorcito sigue intentando reunir todos sus papeles!

–Por mí como si sigue buscando hasta el juicio final –bufé. A lo que mi mamá exclamó una vez más, como viene siendo habitual, que soy una niña sin corazón y que debería darme vergüenza.

No me avergoncé.

Y naturalmente tampoco dije por qué estaba tan furiosa con Vranek, y es que mi mamá nunca está del lado de los niños y seguro que habría dicho que el ARA es un invento que ella hacía tiempo que estaba esperando.

Al día siguiente volvimos a reunirnos en el sótano.

Decidimos impedir, durante el máximo tiempo posible, que Vranek enviara los documentos al Ministerio de Educación.

Lo más desagradable del asunto era que yo tenía que encargarme del retraso, ¡y eso era difícil!

El truco de la ventana abierta ya no lo pude volver a utilizar. Vranek siempre se aseguraba de haber cerrado bien la ventana de su habitación antes de salir. Los socios del club decidieron que yo tenía que averiguar qué papeles de entre todo aquel montón eran el ejemplar en limpio para el ministro de Educación. Y luego tenía que poner el ejemplar en limpio a salvo.

Christos y Takis me ofrecieron su ayuda, pero tuve que rechazarla porque mi mamá no deja entrar en casa a niños extranjeros. Sobre todo cuando son tan oscuros como lo son Christos y Takis. Y eso que ellos habrían sido los únicos que habrían podido ayudarme porque llegan a las doce del colegio, bueno, eso cuando van al colegio. Siguen yendo a primaria a pesar de que son mucho más mayores, pero los profesores dicen que todavía no hablan el idioma suficientemente bien. Por eso, van tan poco al colegio. ¡Porque en mates lo que da veinticuatro menos lo que sea, igual a trece, ya se lo saben desde hace tiempo!

Pero me estoy desviando del tema.

La cuestión es que me habrían podido ayudar porque tienen tiempo libre de sobra. Los demás del club no salen del colegio hasta las dos o hasta la una, y después tienen que ir sin falta a comer a casa.

La única oportunidad de registrar la habitación de Vranek era al mediodía cuando él estaba en La Posada.

—¿Cuánto tiempo se queda en La Posada? —preguntó Wolfi.

—Casi siempre tarda una hora —contesté.

—Bueno, —opinó Irene—, ¡en ese caso tienes tiempo suficiente!

Y entonces, todos me desearon buena suerte y dijeron que si fracasaba en la operación no sería digna de pertenecer al club.

Joschi se despidió de mí dándome una palmadita en el hombro y diciendo:

—¡Lele, cariño, recuerda que lo haces en nombre de todos los niños del mundo!

Poner a salvo los documentos no me preocupaba porque no era un robo malintencionado, sino un acto en defensa propia.

¿Pero cómo iba yo a encontrar los papeles correctos de entre todo ese desbarajuste? Si ni siquiera Vranek era ya capaz de aclararse en su propio caos.

Gracias a Dios que la casualidad me echó una mano.

Yo estaba en la cocina cuando entró Vranek. Me metí bajo la mesa de la cocina para que no le entrara un ataque de temblores.

Vranek tomó un vaso de leche de la nevera.

Mamá le preguntó:

—¿Qué, querido profesor? ¿Ya ha vuelto a ordenar todos sus papeles?

Vranek contestó:

—¡Que va, querida señora Binder! ¡Es un trabajo tan sumamente laborioso! Había hecho tres, cuatro o cinco borradores y después corregí los errores, y además también lo modifiqué dos, tres, cuatro veces. ¡De verdad que no sé cómo conseguir seleccionar de entre tanto lío de papeles el ejemplar definitivo!

Mientras pronunciaba aquello, me acordé de que hacía unas semanas él también había venido a la cocina a ver a mamá y que entonces había dicho:

–Querida señora Binder, ¡ya lo he conseguido! ¡Tan solo me falta pasarlo a limpio!

Y entonces le había preguntado a mi mamá si ella podría prestarle recambios de tinta para su pluma. Mamá estuvo rebuscando en el cajón de la cocina y encontró una caja de cartuchos de tinta roja.

–Estos se los regalo –le explicó–. A Lele, de todas formas, no la dejan usarlos en el colegio. ¡El rojo es el color de los profesores!

Entonces, Vranek contestó que aceptaba gustosamente el color de los profesores, aunque él generalmente prefería utilizar tinta verde, pero ahora, en el momento de su triunfo, el rojo pegaba estupendamente.

Por eso, deduje muy avispada, que las hojas en limpio sobre el ARA del profesor Vranek tenían que estar escritas con tinta roja y luego seguí deduciendo, muy astuta, que por lo tanto solo tenía que seleccionar las hojas escritas en rojo de las escritas en verde.

Pero incluso eso era mucho trabajo en demasiado poco tiempo, si se tiene en cuenta que tan solo disponía de una mísera hora de mediodía.

Como la necesidad te hace creativo, yo empecé a ser muy creativa.

Al día siguiente, antes de ir al colegio, adelanté media hora el reloj de la cocina y el reloj de pie del recibidor. Vranek tiene un reloj de bolsillo que no va muy bien y cada mañana lo ajusta con nuestro reloj de la cocina.

¡Cayó en la trampa!

Salió del servicio. Cada mañana se pasa una desesperante eternidad allí sentado. Miró el reloj de pie y luego su reloj de bolsillo, y murmuró:

–¡Otra vez va mal! –Luego se dirigió hacia la puerta de la cocina y consultó el reloj, y entonces puso su reloj en hora con el de la cocina.

Satisfecha con mi inteligente hazaña, me fui al colegio. Podía estar segura de que Vranek iría media hora más tarde de lo habitual a comer. Eso tenía dos ventajas a la vez: primero, a esa hora en La Posada siempre hay mucha gente y por eso Vranek tendría que esperar a que le sirvieran su menú mediano mínimo tres veces más de lo acostumbrado; segundo, a esa hora Hansi Krenn ya habría vuelto del colegio y podría ayudarme a buscar.

Ni las ideas más geniales sirven de mucho con una madre maniática de la limpieza

¡**Era como para** volverse loco!

Vranek se fue puntualmente tarde a La Posada, Hansi Krenn estaba preparado y listo en mi habitación, pero mi mamá no pensaba ni por asomo echarse la siestecita de todos los días.

Descubrió unas manchas, unos dedos, en el espejo grande, lo que ya de por sí es toda una proeza teniendo en cuenta lo oscuro que llega a estar nuestro recibidor.

–¡Tus huellas grasientas de los pulgares! –exclamó. Frotó con un trapo empapado de un producto de limpieza apestoso sobre el espejo, protestando por el esfuerzo y quejándose de que nadie la tenía en consideración y que todos manchaban por todas partes. Luego, por fin, se fue a la cama, ya que hubiera sido incapaz de conciliar el sueño sabiendo que en alguna parte había una mancha.

Nos encargó que no hiciéramos ruido y que no la molestáramos mientras dormía. Se lo prometimos encantados.

Esperamos un minuto más, por si mamá volvía a por la bayeta por haber descubierto otra mancha en el dormitorio. ¡Pero al parecer no fue así! Con la llave de reserva, entramos en la habitación de Vranek. El cuarto estaba ordenado y recogido. Tan solo en el centro, sobre la alfombra persa de imitación, estaba el montón de papeles con los cálculos.

–¡Mira! –exclamó Hansi–, mira Leonoooora, ¡todas las rojas! –Nos sentamos en el suelo y empezamos con nuestro arduo trabajo, en silencio y con rapidez. ¡Como los abejorros!

Siempre soy demasiado optimista

Vranek llevaba ya más de una hora fuera.

–¡Lele, sigamos mañana! –dijo Hansi.

Pero yo contesté:

–¡Pero si ya casi hemos terminado! ¡Solo un par de minutos más!

En ese momento, en ese preciso momento, en el que acabábamos de revisar el último montón de papeles en busca de las hojas rojas y Hansi me estaba diciendo:

–Leonoooora, lo conseguimos –justamente en el momento en que me pongo las hojas escritas en rojo bajo el brazo, justamente entonces, oímos chirriar la cerradura de la puerta de entrada al piso.

¡No nos quedó otra salida! Nos metimos, incluido el botín de papeles, debajo de la cama.

Vranek es probablemente el profesor más despistado que existe. No solo no se dio cuenta del detalle del color de la tinta, sino que ni siquiera se extrañó que la puerta de su habitación no estuviera cerrada con llave.

Entró en la habitación y suspiró. Luego se sentó encima de la cama y se quitó los zapatos. Uno de los zapatos se deslizó bajo la cama. Yo lo volví a empujar hacia fuera.

Vranek se estiró sobre la cama. Me enfadé muchísimo con mamá. Del dinero que Vranek le viene pagando desde hace años, ya le podría haber comprado una cama mejor; ¿no dice que le aprecia tanto...? Porque el somier es viejísimo y la cama entera se mueve como recién sacada de un castillo de fantasmas. Desde que Vranek se había acostado, el somier casi tocaba el suelo.

Si Hansi y yo no fuéramos dos niños tan flaquitos, Vranek nos habría dejado planchados.

Luego, Vranek empezó a roncar y cuando los ronquidos se hicieron muy altos, yo susurré:

–¡Hansi, vamos!

Desgraciadamente cometí un error. De estar tanto rato tumbada como una tabla me había quedado agarrotada y ya no tenía mi cuerpo bajo control. En vez de deslizarme lateralmente con cuidado para salir de allí me giré y levanté el trasero. Como consecuencia, Vranek se balanceó, dejó de roncar y murmuró:

–¿Qu...qu...qu...qué pasa?

Me volví a tumbar debajo de la cama. El somier con sus ochenta Vranek-kilos cayó sobre mí. Algo parecido debe sentir una rosa aplastada en una enciclopedia. Pero ni siquiera la enciclopedia más vieja del mundo puede tener tanto polvo como el que había debajo de la cama de Vranek. ¡A mamá le habría dado un ataque si lo llega a ver!

(Mi mamá, antes, limpiaba todos los días la habitación de Vranek, pero desde lo del invento, ya no la dejaba entrar...)

Hansi Krenn tiene una nariz muy sensible al polvo y había estornudado ya dos veces.

–Ya no lo aguanto más –susurré–. ¡Este hombre me está resultando muy pesado!

Hansi estornudó una tercera vez y entonces nos arriesgamos. Salimos sigilosamente, con los papeles del botín bien agarrados y fuimos hacia la puerta, Hansi me seguía. Vranek roncaba de forma traicionera. Es decir, si nos girábamos y mirábamos hacia la cama, parecía muy tranquilito tumbado allí, roncando despreocupadamente; pero si dejábamos de vigilarlo y dábamos un paso hacia la puerta, empezaba a tomar aire de una forma muy extraña y ya pensábamos que se había despertado. Puede que tal vez solo nos lo pareciera porque estábamos nerviosos y alterados.

Por fin agarré la manecilla de la puerta, la giré, abrí y salí al recibidor. Hansi salió dando traspiés detrás de mí. Naturalmente, antes cerró la puerta de Vranek. Pensamos que ya lo habíamos logrado, pero de nuevo nos equivocamos.

Llegamos exactamente hasta la puerta de entrada del piso. Mejor dicho, hasta el felpudo de delante de la puerta porque fue entonces cuando me llamó mi, por desgracia, ya no durmiente madre:

–Hola Lene, ¿pero dónde te metes siempre? ¡No haces más que rondar por ahí! ¡Ven a fregar los cacharros ahora mismo!

–Mamá, es que tengo que...–repliqué.

Mamá asomó la cabeza por la puerta de la cocina dejando claro que yo no tenía que hacer ninguna otra cosa más que ayudarla a ella. Intentar llevarle la contraria a mi madre es inútil. Le entregué el botín de papeles a Hansi y le susurré que los llevara enseguida al sótano, a nuestro escondite del club.

Si Hansi se hubiera echado a correr con el paquete, todo lo que vino después nos lo habríamos ahorrado. Pero Hansi se quedó parado. Más tarde me explicó el porqué. Quería decirme que él no tenía llave del sótano porque su madre la había extraviado.

Pero no le dio tiempo a hacerlo.

Mi madre lo descubrió y dijo:

–¡Hansi, me alegro de verte! ¡Ven aquí!

¡Eso fue una fatalidad! Cómo iba Hansi a ir con los papeles del botín bajo el brazo a ver a mi madre. Así que dejó los papelitos al lado del felpudo en el suelo del rellano de la escalera. Luego entró en casa.

–¡Hansi, cierra la puerta, que hace corriente! –dijo mi madre.

Hansi me miró con desesperación. Pero cuando se trata de mi madre, a mí tampoco se me ocurren soluciones casi nunca. Así que yo también le miré con desesperación y Hansi cerró la puerta de entrada al piso.

Entonces mi madre le explicó una tontería acerca del día para la colada, un recado que tenía que transmitirle a su madre. Algo así como que se pasaba del martes al jueves. Yo no estaba escuchando, porque oí pasos afuera en el rellano, delante de la puerta. Abrí rápidamente la puerta de entrada y corrí al rellano. Pero todo lo que vi fue la parte trasera de un hombre que bajaba deprisa por la escalera. Llevaba una gorra de piel de color azul marino y una chaqueta de cuadros azules y rojos. Y su pantalón era verde. Os aseguro que no pude ver nada más porque nuestro tesoro, nuestro botín de papeles que tanto esfuerzo nos había costado conseguir, había desaparecido.

Sin preocuparme más por mi mamá, a la que escuchaba recriminarme que era una vaga y que ya me estaba escaqueando otra vez de fregar los cacharros, corrí escaleras abajo tras el hombre vestido de *cuadriculado*. Al llegar al portal casi lo había alcanzado, pero desgraciadamente se me cruzó la señora Smetacek. Me golpeé contra la parte delantera de la señora Smetacek. Esta me agarró y empezó a regañarme, diciéndome que era la niña más terrible de entre todos los terribles niños del bloque.

A través de los cristales del portal vi al cuadriculado montarse en un coche viejo gris.

–Suélteme, que es importante –le pedí a Smetacek. La señora Smetacek no es realmente mala. Y efectivamente me soltó, pero antes me explicó que de un golpe fuerte en zonas tan sensibles una podía pillar un cáncer de pecho. No sé si lo que la preocupaba era pillar un cáncer de pecho o yo. Corrí por la puerta al exterior y naturalmente llegué tarde.

El coche gris acababa de doblar la esquina, solo me dio tiempo a ver que era un Opel Rekord, del año 65 ó 66, y que la puerta de la izquierda estaba pintada con pintura antioxidante. No habría podido asegurar que los últimos números fueran realmente el 148.

Lentamente volví a la casa. Hansi estaba boquiabierto junto a la escalera. Yo me encogí de hombros y subí al primer piso. Hansi me adelantó.

–¡Maldita, maldita sea! –dijo.

Yo asentí.

Apoyado en la barandilla del tercer piso estaba Poldi Pribil mirándonos. Lo cierto es que no me gusta hablar con él, porque es un verdadero burro, pero esta vez sí que le pregunté:

–¿Has visto a un señor cuadriculado, que nos ha quitado un montón de papeles, delante de nuestra puerta?

Poldi Pribil contestó con un «beee», haciéndome burla. Como no podía ser de otra manera. Desde que le echamos hace un año de nuestro Club del Sótano por idiotez crónica, ya solo decía «beee» en cuanto se encontraba con alguno de nosotros.

Así que yo también le devolví un «beee» y le dije a Hansi:

–Hasta luego. Sobreviviremos –y llamé al timbre de mi casa.

Mi mamá vino, me abrió la puerta y dijo exactamente lo que yo esperaba que me iba a decir.

Pero añadió que para echarme la bronca iba a necesitar una hora entera, eso no me lo esperaba.

La tarde de después fue una verdadera faena

Mamá estaba que trinaba. No me dejó salir de casa. Afirmó que últimamente solo hacía lo que me venía en gana y no lo que ella quería, y que esa manía me la iba a quitar antes de que se convirtiera en algo crónico.

Por eso agarró mi libro de matemáticas, lo abrió, marcó cinco ejercicios y me dijo que los resolviera. Pero no se dio cuenta de que había marcado los ejercicios del año pasado (siempre empleamos un libro de matemáticas durante dos cursos). Los ejercicios estaban chupados. Yo los dibujé prácticamente en caligrafía, bien en limpio, y se los mostré a mi madre. Estaba convencida: ahora ya se le habrá pasado el enfado y me dejará marchar. Los demás ya estaban en el sótano.

Pero mamá siguió enfadada y me preguntó el vocabulario de inglés, y ese no era el del curso pasado. De tres páginas, tan solo me supe siete palabras. Mamá se fue a la cocina y me advirtió que dentro de una hora volvería. Hasta entonces me las tenía que saber todas o la semana que viene me quedaba sin paga.

Pocas veces recurro a lo drástico, pero esta vez no me quedó más remedio.

Cuatro veces había sonado ya el timbre de la puerta. Una vez había sido Edi Meier, otra vez Irene y dos veces Hansi. Todos preguntaban por mí. Y mi mamá siempre abría la puerta y decía:

—¡Lo siento! ¡Lo siento! Lene tiene que estudiar. ¡Hoy no va a poder salir!

En este caso «lo drástico» era la única salida

Os aseguro que solo me arriesgué porque la felicidad de todos los niños del mundo estaba en juego.

Me fui al servicio. Nuestro servicio tiene una ventana que da al rellano de la escalera. Es estrecha y alta. Naturalmente de cristal opaco. La mitad inferior de la ventana no se abre. Está asegurada con clavos. Tan solo la hoja superior puede abrirse. Mientras me subía primero encima de la taza del váter y luego al armario con los productos de limpieza y el aspirador, y me escabullía por el hueco superior de la ventana, me imaginaba qué diría mi madre a mi regreso. Se me puso la piel de gallina. (Y es que en el pasado ya me había escapado dos veces por esa ventana, y después siempre hubo una terrible bronca. ¡Una bronca terrible de verdad!)

En el sótano, todos estaban reunidos. Y todos me hicieron reproches. Hansi también, por supuesto. ¿Que cómo habíamos podido ser tan tontos? ¿Que cómo nos habían podido engañar de aquella manera? ¡Y lo que teníamos que haber hecho!

Todos tenían maravillosos consejos a mano.

Yo estaba que echaba humo y grité:

–¿No se os ocurre nada mejor que machacarnos? ¡Más os valdría pensar en lo que podemos hacer ahora!

Eso lo entendieron e incluso se pusieron a pensar. Y como todos ellos son niños bastante listos... excepto Heidi Benedikt, pero esa, esta vez no estaba presente, todos llegaron a la misma conclusión: ¡Tenemos que investigar al cuadriculado y arrebatarle los papeles!

Takis tenía sus dudas.

–*¿Pero qué, si puedo saber? ¿De qué servir todo el plan, si Vranek tener todo en cabeza? ¡Lo que uno pensar una vez, poder volver a pensar otra, y luego escribir otra vez en papel!* –dijo.

Edi Meier asintió con la cabeza.

–¡Tiene razón, Takis tiene razón!

Durante un rato nos quedamos sentados, cabizbajos y callados, pero entonces Joschi Birninger, que siempre tiene las ideas más malvadas, exclamó:

–¡Pero si es muy fácil! ¡Nuestro pequeño tesoro le impedirá que pueda pensar y trabajar!

–¿Quién es nuestro pequeño tesoro? –pregunté, inocente de mí.

–Pues tú, Lele –contestó Joschi.

Todos estaban encantados. Y también supieron todos enseguida cómo evitar que el profesor Vranek pensara y trabajara. Había ideas francamente buenas. La pega era que quien tenía que llevarlas a cabo... era yo. ¡Precisamente yo, que tengo la madre más severa de todo el bloque! ¡Creo que incluso la madre más severa de todo el barrio!

Si se enterase de que me empeño en estorbar a su profesorcito mientras intenta sacar sus cálculos, ¡ya puedo pensar directamente en emigrar a América! ¡Y para una niña de doce años lo de emigrar es bastante difícil!

Pero qué otro remedio me quedaba. Al fin y al cabo, hace un año me comprometí ante la bandera del club que iba a someterme siempre a las decisiones tomadas por mayoría de los socios del club.

Cuando ahora miro hacia atrás, me resulta todo muy extraño

Pero en aquel momento no era tan extraño. Me planté ante la puerta de nuestro piso y no me atrevía a tocar el timbre.

La hoja superior de la ventana de nuestro servicio estaba cerrada a cal y canto. Mi madre no iba a dejarme abierta una posible retirada tan discreta. Hansi Krenn estaba detrás de mí. Aunque me adora, compasión por mí no es que tenga. No hacía más que decir que su madre le iba a regañar porque él aún no había acabado los deberes. Pero de lo que iba a hacer mi madre conmigo, de eso no se preocupaba. Creo incluso que sentía curiosidad porque no dejaba de decir:

—¡Leonoooora, venga llama de una vez!

Así que llamé, y mi padre me abrió la puerta. Mi padre es la única persona que se apiada de mí.

–Leo, Leo –dijo mi papá. Entonces yo empecé a mirar como le gusta a mi padre. Con la cabeza un poco ladeada y de abajo a arriba. Entonces a mi papá le doy mucha lástima. Todo conmovido murmuró:

–Leo, Leo.

Hansi Krenn se piró. Estaba decepcionado.

Esto no pertenece realmente a esta historia, pero aun así lo anotaré: ¡Papá es genial! Es exactamente como un papá tiene que ser. Lleno de compasión y bondad y muy divertido, y las cosas desagradables las olvida enseguida. Mi papá siempre dice que a las personas a las que uno quiere no se les debe hacer enfadar. La vida es demasiado corta para eso. Y como mi papá me quiere mucho, nunca me hace enfadar.

Otra cosa bonita de mi papá es que el profesor Vranek no le cae bien. Papá ha dicho ya muchas veces que preferiría que Vranek se mudara a otro piso. Papá se siente cohibido por Vranek. Muchas veces ha llegado tarde a la oficina porque Vranek tarda demasiado en afeitarse o porque se pasa demasiado tiempo sentado en el váter.

Pero mi mamá ha dicho que no piensa renunciar al profesor Vranek. Le quiere. No como en las novelas de amor. Es diferente. A ella le parece una persona tan distinguida, tan distinguida que papá y yo no lo podemos entender. Siempre que dice eso, mi papá se echa a reír y luego imita a Vranek musitando con ese ceceo quejica:

—¡Ay, queridísima señora Biiiinder!

Entonces mamá se pone furiosa y grita que nosotros ¡no le llegamos ni a la suela de los zapatos! ¡Ni falta que nos hace!

Pero además está el dinero que el profesor Vranek le paga a mamá por el alquiler, su paga personal. Porque mamá no va a trabajar, y por eso sí que entiendo que no quiera renunciar a su única fuente de ingresos particular.

Me doy cuenta que hasta ahora he despotricado bastante de mi mamá. Al menos eso podría parecer. Por eso quiero decir que mi mamá no es en realidad una mala mamá. Pero es que..., bueno no sé cómo decir esto..., mamá nunca hace lo que de verdad quiere hacer, sino lo que uno debe hacer.

Pero en realidad no sé quién es ese *uno*. Por ejemplo, mamá ve en un escaparate una tela que le encanta, pero no se hace ningún vestido con ella. Uno no lleva eso cuando se tiene más de treinta, explica. ¡O mis pantalones! Ella dice que uno no debe vestir siempre con pantalones cuando se es una chica.

Y si le pregunto por qué no, ella contesta:

—¡No está bien visto!

Y si a eso yo le pregunto, por qué no está bien visto, ella dice: «¡Pues porque no, y punto!».

Ni ella misma tiene la respuesta a eso.

Pero una cosa sí que sé: ¡mamá siempre tiene miedo! No de fantasmas o ladrones, sino en general. Ella cree que solo si uno lo hace todo como es debido, se evitarán desgracias. Y siempre está al acecho de las desgracias. Cuando saco en algún examen de mates un suficiente, ya piensa que la próxima vez voy a sacar un suspenso y que entonces tendré que repetir curso. Y si una, dos, tres veces salgo por la ventana del servicio, piensa que me voy a convertir en una persona deshonesta y ya me ve castigada a cadena perpetua en la cárcel.

Todo esto únicamente lo he explicado para que el lector comprenda lo que ocurrió después de que yo llamara al timbre de la puerta y mi papá me abriera.

Bueno, pues ocurrió lo siguiente:

Papá se vino conmigo a mi habitación y me contó que mi mamá estaba muy, pero que muy enfadada conmigo. No quiere verme en mucho tiempo porque tiene que ser consecuente. (La última vez que me escapé por la ventana del servicio, me prometió una semana de castigo sin salir de casa si se volvía a repetir, y ahora tenía que cumplirlo por aquello de ser consecuente.)

Papá me contó que él ya había intentado de todo y que había conseguido que la semana de castigo se redujera a tres días.

Yo le insistí a mi papá que precisamente los próximos tres días eran para mí especialmente importantes. Pero como no le podía contar mis motivos, no se creyó que fueran tan importantes.

¡Los tres días de castigo sin salir de casa eran innegociables!

¡Mamá me vino a buscar al colegio todos los días!

Desconfiaba tanto que pensaba que me iba a escapar nada más salir de clase. Me trató como a un prisionero. Y a Wolfi Reisl, que vino a visitarme, le echó de casa. A pesar de ello, me seguía comunicando con los miembros del club. Al fin y al cabo no era la primera vez que me castigaban sin salir de casa.

Exactamente dos pisos por encima de nosotros vive Wolfi Reisl. Si cuelga una cuerdecita con un mensaje atado por su ventana, esta llega justo delante de nuestra ventana del recibidor. Así que, durante los días de castigo, intercambiamos notitas-a-la-cuerda. Algunas de ellas aún las tengo. Las copiaré:

A Lele: ¿Por qué no te escapas por la ventana del servicio?

(A esto le contesté que a tanto no llegaba mi valentía.)

A Lele: Pues entonces sé buena y liquida a Vranek. Mientras tanto nosotros peinaremos la zona en busca del viejo Opel. ¿148? ¿Eran esas las últimas cifras de la matrícula?

(A esto respondí que sí, que esas eran las cifras, y además pregunté cómo tenía que liquidar a Vranek.)

Wolfi me envió desde arriba un papelito en el que ponía, que eso ya lo habíamos hablado en el sótano y que la mejor propuesta había sido meter ratones blancos en la habitación de Vranek.

Escribí una nota y la até a la cuerda:

¿Estás tonto? ¿¡De dónde voy a sacar yo ratones blancos!? ¿O acaso me vas a bajar a tu rata india por la cuerda?

Wolfi escribió:

Mi rata india es demasiado valiosa para experimentar con ella.

¡Haz primero el truco del martillo!

Yo escribí:

Vale. Haré el truco del martillo.

P.D.: Mañana por la tarde, mamá se irá a la peluquería. Me dejará encerrada. Pero podremos hablar a través de la ventana del servicio.

A la tarde siguiente nos encontramos junto a la ventana. Yo desde dentro. Hansi, Wolfi e Irene desde fuera. Me informaron de que habían estado toda la tarde anterior investigando en busca del cuadriculado y de su Opel, pero sin resultados.

Y yo les conté que me había pasado toda la tarde anterior golpeando la pared de la habitación del profesor Vranek, hasta que se puso tan nervioso que ya no pudo seguir haciendo sus cálculos y solo daba vueltas por su habitación, de un lado a otro. Además se me ocurrieron otros ejercicios productivos. Me puse al acecho de Vranek. En cuanto salía al recibidor, bien para ir al servicio, bien para ir a la cocina, yo salía de mi habitación.

–Vaya con Dios, profesor –le decía. Cinco ataques de temblores le ocasioné. Una vez incluso le pregunté:

–Profesor, ¿quiere usted que le prepare un bocadillo?

Entonces Vranek se fue temblando al cuarto de baño, empapó dos manoplas en agua y se volvió a su habitación.

Cuando miré por la cerradura de su puerta, vi que estaba tumbado en la cama con las manoplas colocadas sobre la frente.

Seguro que esa tarde no consiguió ni buscar, ni pensar, ni calcular.

Reisl, Hansi e Irene me felicitaron a través de la ventana del servicio por mis buenas ideas.

El mediodía del tercer día de castigo, Wolfi me bajó por la cuerda un paquete. En él ponía: «¡CUIDADO! ¡ESTÁ VIVO!» En el paquete había tres ratones blancos, y mi misión consistía en soltarlos en la habitación de Vranek para que él creyera que veía ratones blancos y pensara que estaba loco, ya que algunos locos ven, efectivamente, ratones blancos.

No pude dejar los ratones de inmediato en la habitación de Vranek porque él estaba dentro. Así que me llevé el paquete a mi habitación y jugué con ellos. Eran ratones buenos. Especialmente uno de ellos. Ese se ponía siempre sobre las patas traseras y se empinaba.

Luego, mamá me ordenó que fuera a fregar los cacharros. Cuando volví a mi habitación vi un agujero en el cartón y los tres ratones habían desaparecido. Habían hecho un agujero a mordiscos.

Recorrí el piso a hurtadillas en busca de los ratones. Tres veces estuve a punto de conseguirlo, pero siempre aparecía mi mamá diciendo:

−¡Vete a tu habitación!

Pero por capricho del destino, uno de los ratones sí acabó finalmente en la habitación de Vranek. Por la tarde Vranek soltó un grito de los que te perforan el tímpano. Mamá llamó a su puerta y le preguntó qué le pasaba. Él contestó que había sido una equivocación.

Mamá le preguntó que si quería que le preparara una tila para tranquilizarse y él dijo que no necesitaba tranquilizarse, porque no estaba alterado. Pero mientras lo decía su voz temblaba.

Por la noche, Vranek fue a ver a mamá a la cocina, yo estaba en el recibidor y oí perfectamente como le dijo:

–Ejem, querida señora Binder, ¿cree usted que en esta casa pueda haber ratones?

Mamá no lo creía. Hacía veinte años que no había aparecido ninguno por aquí.

–¿Y ratones blancos, tal vez? –preguntó Vranek.

–Los ratones blancos no existen en libertad –le explicó mamá.

–Lo sé, lo sé –dijo Vranek en voz baja y luego añadió–: ¡Únicamente quería cerciorarme!

Yo volví a la caza del ratón. Durante la última noche de mi castigo, me habría gustado tener algo con qué jugar. No encontré a ninguno de esos bichos.

Mientras me dormía, pensé que si mamá se encontraba con algún ratón, sería capaz de matarlo. Los ratones me dieron pena, pero yo misma me daba aún más pena, sobre todo porque estaba aislada.

Al día siguiente había terminado el castigo sin salir de casa

Después del colegio me di prisa con la comida y con el fregoteo de los cacharros. Hansi me había dicho de camino a casa que la reunión del club empezaría a las dos y media.

A las dos me llamó mamá al salón y me soltó un sermón. En teoría, se trataba de algo parecido a una charla de conciliación aunque yo no hacía más que mirar la hora. Cuando mamá por fin acabó, ya pasaban siete minutos de las dos y media.

Bajé corriendo al sótano. Y justo cuando giraba hacia la puerta del sótano, justo en ese preciso instante, se abrió la puerta del portal y entró el cuadriculado. Solo que esta vez no iba cuadriculado, sino rayado. ¡Pero le reconocí de inmediato!

Por desgracia llevaba tanta inercia, porque había

entrado en la curva con tanta velocidad, que no pude frenar a tiempo. No llegué a parar más que a mitad de la escalera al sótano.

Naturalmente, me giré de inmediato con la intención de seguir al cuadriculado-rayado.

Pero en la puerta del sótano estaba Smetacek. «Qué hacían los niños en el sótano, eso le gustaría saber a ella», dijo. Y que no le gustaba que también hubiera allí abajo niños de otros bloques y menos aún le gustaba que entre ellos hubiera chusma extranjera, porque a esos no se les había perdido nada aquí.

Yo no le contesté, pasé como pude por su lado y corrí escaleras arriba hasta el tercer piso. ¡No había nadie a la vista! Volví al sótano.

Mis compañeros del club pusieron a prueba mi paciencia. Se abalanzaron sobre mí, hablando todos a la vez como locos. No me dejaban abrir la boca. ¡Cacareaban que habían descubierto el Opel, que el número, la marca y el año de fabricación eran correctos y que estaba aparcado detrás del Ayuntamiento! Y además me cacarearon algo de un servicio de vigilancia.

Al menos diez veces grité:

−¡El cuadriculado ha venido hoy rayado y acaba de entrar en nuestro bloque!

Menos mal que al menos Irene se percató de que intentaba comunicarles algo.

–Silencio, Lele quiere decirnos algo –anunció Irene. Ella tiene una voz muy potente. Tan potente como la del conserje del colegio y esa es la más fuerte que conozco. Así que entonces los colegas del club cerraron la boca y yo pude comunicarles mi emocionante observación.

–¡Que todo el mundo me siga! –ordenó, una vez hube acabado mi exposición, Edi Meier, quien lentamente, pero con seguridad, se estaba acostumbrando a mandar. Primero quise protestar por ese tono de ordeno y mando, pero luego pensé: «Ahora no es el momento adecuado.» Así que le seguí. En fila india y a hurtadillas subimos los escalones del sótano. Primero Edi, yo la última.

¡Mi destino lleva, sin duda alguna, el nombre de Smetacek!

Mientras cerraba la puerta del sótano, cuando los demás ya habían llegado al entresuelo, me doy la vuelta y vuelvo a tenerla frente a mí. ¡Llegará el día en que desee morir tranquila y en silencio y no lo pueda hacer porque aparecerá Smetacek y querrá saber por qué lo hago!

Esta vez quería saber qué hacía yo otra vez en el sótano y si los demás aún seguían allí abajo y si yo ahora los había dejado encerrados. ¡Hay que ver qué ocurrencias tienen las viejas!

Yo le dije a la señora Smetacek que me iba del sótano porque a ella no le gustaba que los niños estuviéramos por allí.

–Hay que hacerles caso a las porteras, ¿no? –le contesté.

Smetacek se fue hacia la puerta de su piso y al llegar se giró y preguntó:

–¿Te estás quedando conmigo?

–¡Si usted insiste, entonces sí! –contesté muy amablemente y seguí a los otros.

Los demás estaban en el primer piso pegando la oreja a las puertas. Joschi afirmaba que el cuadriculado no podía estar tras la puerta tres porque ahí estaba la señora Huber hablando con su marido sobre una mancha de grasa en la alfombra, y que eso no lo harían si tuvieran la visita de un delincuente.

Tampoco podía estar tras la puerta cuatro porque ahí había alguien roncando y el que roncaba seguro que se habría despertado si hubiera llegado el cuadriculado.

Tras la puerta cinco segurísimo que no estaba porque ahí vivimos nosotros y el profesor Vranek.

Subimos al segundo piso. Allí estaba todo en silencio. Los Müller estaban de vacaciones de otoño en Mallorca, y los Berger estaban en el trabajo. Pero tras la puerta tres, sí que podría haber estado. Allí vivía un representante de revistas, que iba de puerta en puerta diciendo que era estudiante. Pero no lo era. Joschi y Edi aseguraban que el cuadriculado, con toda seguridad, estaba en casa de Brosinger, el representante de revistas. ¡Decían que ese era un personaje muy sospechoso!

Yo me opuse. No tenía ninguna razón especial. Pero mi mamá también siempre dice que Brosinger es un tipo sospechoso, a Smetacek tampoco le da buena espina y la señora Krenn opina lo mismo.

Por eso protesté y dije que el representante de revistas era una buena persona y que estaba segura de que no tendría nada que ver con el cuadriculado.

¡Alguien tenía que defenderle, digo yo!

Así que subimos al tercer piso. Allí viven Reisl, Krenn, Pribil y la señorita Elvira Kugler.

Tras la puerta de la señorita Kugler no se oía una mosca. Tras la puerta de la señora Pribil estaba ella misma amenazando con ir a por el sacude alfombras para pegarle a Poldi, y Poldi suplicaba:

—Nononono.

—A lo mejor ha huido al desván —dijo Friedrich Gunselbauer.

La puerta del desván estaba cerrada con llave. Sé que esa puerta únicamente se puede abrir y cerrar

con llave desde fuera del desván, pero como en la cerradura no había ninguna llave puesta por fuera, de ninguna manera el cuadriculado podía estar allí. Pero eso no lo dije. Gunselbauer, que pocas veces está con nosotros, de por sí ya nunca se atreve a abrir la boca, y cuando lo hace los demás enseguida dicen:

–¡Friedrich, vaya tontería más gorda!

Creo que de todos modos sólo le admiten en el club como socio-invitado, para tener a alguien de quien burlarse.

Por eso abrí el desván con la llave del sótano, que también sirve para esa puerta. Registramos el desván a conciencia. Sobre todo Gunselbauer. Este incluso miraba dentro de las viejas cajas. Irene fue a la caza de las palomas y Hansi a la caza de Irene para que dejara de perseguir las palomas. Es que Hansi es muy amigo de las palomas.

Y mientras seguíamos discutiendo sobre si las palomas eran bichos buenos o dañinos, transmisores de bacterias como la tuberculosis, volvió a aparecernos el destino zarandeando en su mano una escoba y gritando:

–¡Valientes gamberros! ¡No ha hecho una más que echarlos del sótano y ya están holgazaneando en el desván! ¡Venga, venga, abajo! Pero rapidito,

rapidito. Que si no le daré parte al administrador, y entonces vais a saber lo que vale un peine, ¡gamberros, inmundos!

Como si fuéramos una manada de gansos, Smetacek nos iba ahuyentando escaleras abajo, y nosotros caminamos sigilosos y callados por delante de ella, para que no gritara aún más y atrajera con sus gritos a alguna de nuestras madres a la puerta. Porque nuestras madres temen a Smetacek mucho más que nosotros, y en ese caso nos tendríamos que haber ido de inmediato a casa.

Caminamos por delante de la señora Smetacek hasta el portal. Una vez allí nos soltó un sermón: «Que allí, en el parque de enfrente, se estaba mucho mejor. Que allí había una torre para trepar y una caja de arena y una fuente. Que allí es donde tenían que estar los niños, dijo. Sobre todo los que no viven en este bloque y que a la chusma extranjera se les había perdido aún menos en este bloque.»

Smetacek incluso nos abrió la puerta del portal.

Pero, ¡cómo íbamos a marcharnos y dejar al cuadriculado en el bloque! Por eso empecé a hablar con la señora Smetacek. Hablé como una metralleta sin parar. Le expliqué que nosotros somos demasiado mayores para la caja de arena y también para la torre de trepar.

–Señora Smetacek, si yo podría saltar por encima de eso como si fuera un potro –le aseguré. Luego le expliqué, que no era justo que no quisiera dejar entrar a otros niños en el bloque.

–Señora Smetacek, los niños necesitan de otros niños –le aseguré. (Eso se lo dice mi papi siempre a mi mamá.) Y luego añadí que ella tenía prejuicios contra los extranjeros y que eso no era digno de ella.

La señora Smetacek se quedó planchada y conmovida. No sabía qué responder. Mis compañeros del club también se quedaron planchados y conmovidos. Nunca habían oído a nadie hablar tan bien, eso me lo dijeron después.

En realidad yo también me quedé planchada y conmovida, porque cuanto más tiempo llevaba hablando, más bonito e importante me parecía mi discurso.

Y por eso y solo por eso, pudo ocurrir que de repente nos pasara por el lado un joven con un traje a rayas y dijera: «Buenas tardes, señora Smetacek», abandonara el bloque y se subiera en un taxi que estaba esperando junto a la acera, justamente delante de nuestro portal.

Mis compañeros no tenían culpa alguna. Al fin y al cabo ellos no sabían qué aspecto tenía el cuadriculado que hoy iba rayado. Y sobre Smetacek tampoco recaía ninguna culpa, puesto que ella no le perseguía. ¡La culpa fue única y exclusivamente mía! Y yo estaba dispuesta a asumir mi culpa.

Solo que decidí asumir mi culpa en secreto. A los demás no les dije quién acababa de marcharse en un taxi, pero les ordené:

—¡Vosotros id al parque de enfrente, que yo ahora voy!

Ellos se marcharon y yo me quedé todavía un rato más charlando con la señora Smetacek. Ella me contó que dos veces por semana tenía que fregar setenta y cinco escalones y que por lo demás ya tenía mucho trabajo. Solo en la barandilla de la escalera había treinta apliques de latón que ella tenía que pulir; y que los niños de fuera siempre escupían el chicle en el suelo y que luego ella tenía que rasparlo con un cuchillo para quitarlo.

Me propuse no escupir nunca más el chicle en el suelo y le pregunté:

—¿Quién es el señor que acaba de salir del bloque?

—Era el señor Nimmerrichter —dijo la señora Smetacek.

—¿Y cómo se llama de nombre de pila?

—Schurli,[2] creo. Sí exacto Schurli, Georg —contestó la señora Smetacek.

---

2. En Austria, Schurli es a Georg, lo mismo que en España Pepe es a José o Paco es a Francisco.

–Y, ¿dónde vive y a quién ha venido a ver en nuestro bloque? –Lo había preguntado demasiado rápido y con demasiada curiosidad.

Smetacek se me quedó mirando muy interesada.

–Y tú por qué quieres saber eso, ¿eh?

–Por nada –murmuré.

Pero la señora Smetacek no me lo dijo. Me aclaró no ser ninguna cotilla y me aconsejó que yo haría mejor en no serlo tampoco y que además ella no sabía dónde vivía Nimmerrichter.

Con esas se dio media vuelta y se dirigió a la puerta de su piso. Era la primera vez que lamentaba que Smetacek se retirara.

Salí del bloque, pero no fui al parque, sino a la cabina de teléfonos. En la cabina olía que apestaba. Además las páginas del listín telefónico estaban tan sumamente sucias y pringosas que me daban asco; y eso en mí no es fácil. Me sobrepuse y busqué a los Nimmerrichter. Uno de los Nimmerrichter era una peluquería canina y otro un estilista de señoras. Supuse que ni una peluquería canina, ni un estilista de señoras estarían involucrados en el robo de los documentos del ARA.

A los demás Nimmerrichter los telefoneé con mis últimos chelines. Ninguno de ellos tenía un Georg Nimmerrichter para mí.

Con un enfado creciente salí de la cabina de teléfonos y me fui al parque.

¿Por qué nos ha tenido que robar los documentos del ARA precisamente un Nimmerrichter que no tiene teléfono?

Los demás estaban sentados sobre el bordillo de la caja de arena. Delante de ellos había una abuela de pie. Tenía una labor de punto de color rosa y verde enganchada bajo la axila izquierda, incluidas las agujas, y estaba echando una reprimenda a mis compañeros del club.

–¿Pero es que no os da vergüenza? ¿Qué hacéis ahí sentados quitándole el sol a los pequeños? ¡A unos mozos tan grandes no se les ha perdido nada en el parque infantil de los pequeños! ¡Quitaos de ahí!

–Perdone, pero ¿dónde está el parque infantil para los grandes? –preguntó Jonni Huber.

–¡Aquí desde luego que no! –contestó la abuela.

Yo estaba detrás de la abuela. Ella aún no me había visto, y tampoco se había dado cuenta de que se le había caído el ovillo de lana verde. Estaba a aproximadamente un metro detrás de ella y justo delante de mis zapatos. No me gusta la gente que únicamente quiere a sus propios niños. Y a esa abuela se le notaba que era capaz de aniquilar a los niños de toda una clase, solo para que su nieto pudiera sentarse al sol.

Enfadada, contemplaba la parte trasera de la abuela y la labor de punto de color verde y rosa bajo su axila, y también el hilo verde que salía de la labor, colgaba hasta el suelo y terminaba en el ovillo de lana junto a la punta de mi zapato.

Como soy una niña muy educada, recogí el ovillo del suelo. Pero como esa persona me repugnaba, no quise devolverle la lana. Desenrollé un par de metros de lana y caminé hacia atrás.

La abuela no lo había notado. Ella seguía regañando a mis compañeros del club. Así que continué caminando hacia atrás y seguí desenrollando la lana. La lana era fina y el ovillo bastante grande. Llegué hasta la caseta del servicio público de señoras. Al principio pensé que podría envolver toda la caseta del retrete con lana verde, pero no llegó para tanto. Después de darle cinco vueltas alrededor de la caseta del retrete, se acabó el hilo. La punta la até a la manecilla en el lado de caballeros y luego me encaminé hacia la salida del parque. Me senté sobre la verja del parque y esperé.

Naturalmente, mis compañeros del club habían estado observando atentamente mi labor. Fascinados contemplaban la lana verde. Pero como la caseta del retrete estaba justamente detrás de la abuela, esta seguramente pensaría que los niños la estaban mirando a ella con conmoción.

Luego vino un niño montado en triciclo y cruzó el parque infantil de los pequeños, descubrió el hilo verde, lo levantó y tiró de él. La abuela sintió el tirón. La labor de punto bajo su axila se movió. La abuela se dio la vuelta.

¡Fue maravilloso! Corrió tras el hilo verde a una velocidad a la que normalmente las abuelas no son capaces de correr. A cada tres pasos que daba se agachaba y recogía el hilo. Para cuando quiso llegar al retrete de señoras y caballeros ya llevaba el brazo lleno de lazos verdes de lana. Luego giró a galope cinco veces alrededor de la caseta, maldiciendo como normalmente pocas veces hacen las abuelas. Yo tenía lágrimas en los ojos de la risa. Mis compañeros del club también. Ellos siguieron a la abuela alrededor de la caseta compadeciéndola.

–¡Lo ve, para que se dé cuenta de que hay niños mucho más malos que nosotros! –dijo Irene.

–¡Largaos de mi vista! –gritó la abuela.

Así que todos desaparecieron y vinieron conmigo. Solo Heidi Benedikt se quedó con la abuela y la ayudó a desenredar la lana.

Nos marchamos del parque y nos dirigimos al fantasma del arbusto, que está postrado en un minúsculo parque, allí donde el tranvía traza un semicírculo junto a la estación final. El parque del fantasma del arbusto tiene como mucho diez metros cuadrados, no tiene ningún sendero, ni una entrada, ni una salida, y tampoco tiene ningún banco para sentarse. Se compone, por decirlo de alguna manera, de un montón de arbustos de lilas de diez metros cuadrados de grande, en cuyo centro está sentado el fantasma del arbusto; la estatua de mármol de un difunto alcalde. En realidad el parque es tan solo un adorno del alcalde, un bordeado, por así decirlo, del fantasma del arbusto. Alrededor hay una verja con lanzas, que indica que no está permitido entrar en el montón de lilas.

Nosotros trepamos por encima de la verja con lanzas, nos metimos a gatas por debajo de los arbustos y nos sentamos muy juntitos en el zócalo del fantasma del arbusto. Durante un buen rato nos reímos mucho. Luego nos siguió Heidi Benedikt y se puso de morros con nosotros. Cuando escuché por qué estaba enfadada aún tuve que reírme más. ¡Había conseguido un super logro!

Resulta que la abuela del parque era la abuela de Heidi Benedikt, y el pequeñajo al que mis compañeros del club le estaban robando el sol, era el hermano de Heidi. Y el chisme de color verde y rosa iba a ser un jersey para Heidi. Ella me culpaba a mí:

−¡Lo has hecho aposta! ¡Has elegido a mi abuela a sabiendas!

En eso no la contradije. Aunque no era cierto. Pero así me pareció más bonito.

Como nadie la apoyó, Heidi se marchó. Seguramente con su abuela, a ovillar lana.

–No hace falta que vuelvas –grité tras ella.

–*¿Por qué tú siempre discutir con Heidi?* –preguntó Takis en tono de desaprobación.

«Sí, ¿por qué yo *siempre discutir* con Heidi?».

¡Porque ella no me cae bien!

Y eso que antes era mi mejor amiga. Mi única amiga. Vamos a la misma clase.

Ya por aquel entonces, cuando era mi amiga, había muchas cosas que no me gustaban de ella. Se lavaba sus rubios rizos cada dos días y los enrollaba en rulos, de lo contrario no serían rizos. Además tenía al menos diez pantalones y veinte vestidos, y siempre tenía en alguna parte una cadenita de oro colgada. Llevaba combinaciones de nilón y medias transparentes y zapatos de tacón cuadrado. Pero bueno, nadie es perfecto, y todo eso lo podría haber soportado por afecto hacia ella. Pero desde hace más de un año le ha entrado la *neura amorosa*. Continuamente me estaba contando, bajo el más estricto voto de discreción, que Joschi estaba enamorado de ella y que Edi le había pedido que se casara con él, que Gunselbauer quiso besarla en las escaleras y que otros diez chicos más iban detrás de ella y la seguían y se deshacían por sus huesos. Yo nunca creí en esas estupideces, pero por amistad, mantuve la boca cerrada. Luego se puso ya de una manera que no había quien la aguantara. Actuaba como si yo fuera un bebé y ella la bailarina de un club nocturno.

–Mi pequeño pollito –me llamaba.

O me decía:

–¡Cielito, eres tan ilusa!

Otra vez, en el primer recreo me dijo:

–Cariño, tengo unos cuantos sujetadores que se me han quedado pequeños, ¿los quieres?

Me quedé mirando la delantera de «tabla de planchar» de Heidi y mi paciencia, que creía inagotable, se acabó. Le dije lo que pensaba de ella; y lo hice todo de golpe. Los demás niños de la clase lo escucharon, naturalmente; y también se burlaron de ella.

–Buenos días señora de Gunselbauer –le dijeron a la mañana siguiente.

Y durante la clase le tiraron notitas en las que ponía: «¿A quién eliges hoy para el beso?», y cosas así.

A raíz de eso Heidi me escribió una carta en la que me comunicaba que a partir de ese momento me odiaba, porque había roto el voto de la discreción y la había expuesto a las burlas de los demás.

Fui tan noblemente tonta que en el club no conté nada de esto. Porque si Edi se llega a enterar de lo de la proposición de matrimonio y Joschi del enamoramiento, la habrían echado por mayoría absoluta. Pero así, todos eran amables con ella y a mí me recriminaban que estuviera infundadamente furiosa con Heidi.

Veo que me he vuelto a desviar del tema. ¡Pero a partir de ahora prometo ceñirme al asunto y anotar únicamente lo estrictamente necesario! ¡Palabra de honor!

A continuación, después de reírnos a gusto de la lana verde y de la abuela de Heidi, volvimos a pensar en el cuadriculado y en nuestra misión.

Les conté a mis compañeros la verdad.

Que el cuadriculado se había montado ante mis narices en un taxi y que se llamaba Georg Nimmerrichter, pero que no venía en el listín telefónico.

—¡Ese hombre estaba detrás de un puerta! ¡Si Smetacek conoce nombre de ese persona, él tener que venir mucho! Si Smetacek conocer a él, también tener que conocer a él otra persona. ¡Nosotros tener que averiguar! —dijo Takis.

¡De nuevo Takis tenía razón! Jonni sacó un papel del bolsillo del pantalón y Wolfi le dictó los nombres de nuestros vecinos.

Planta baja: Smetacek, Wanninger.

1.er piso: Binder, Huber, Effenberger.

2.º piso: Müller, Berger, Brosinger (el representante de revistas).

3.er piso: Reisl, Krenn, Kugler y Pribil.

La planta baja quedó descartada porque el cuadriculado había bajado por la escalera. Binder, Reisl y Krenn también, como es natural. Los Müller estaban en Mallorca, los Berger pasaban todo el día en el trabajo y Effenberger roncaba a todo pulmón mientras el cuadriculado estuvo en el bloque. Los Huber habían estado hablando sobre manchas en la alfombra y a casa de Pribil nunca iba ninguna visita.

Así que en realidad solo quedaban dos inquilinos sospechosos. ¡Elvira Kugler y el representante de revistas Brosinger!

La mayoría del club apostaba por Brosinger. Hansi Krenn y yo, por afecto hacia mí, apostamos por Kugler. Se había hecho ya bastante tarde y nos fuimos de camino a casa. Yo me informé:

–¿Y qué ha pasado con la vigilancia del coche de la que estabais encargados? ¡Así también deberíamos poder encontrarle!

De la vigilancia del coche no había nada de nada, claro. ¡Es natural! Si nosotros tuviéramos tanto tiempo como los adultos, habría sido cosa de coser y cantar. Pero los niños no pueden vigilar un coche. Antes del colegio tienen que ir a por el periódico y a por el pan, después del colegio tienen que irse inmediatamente a casa a comer y a hacer los deberes, y por la noche tienen que acostarse temprano y dormirse enseguida para poder aguantar bien la misma tortura al día siguiente. En la pizca de tiempo libre que queda, entre las tres y las seis de la tarde, no se puede llevar a cabo una vigilancia exhaustiva.

–Nada que hacer –dijo Christos. Y Takis añadió:

–Ayer no fui al colegio para vigilar coche, pero venir policía y ¡¡¡creer yo querer robar el dinero de aparcamiento de señores y policía mi echar de allí!!!

Todo lo que nos quedaba por hacer aquel día era sonsacar algo a nuestros padres. Tal vez conocían a Nimmerrichter.

Para cenar teníamos *Eiernockerln*[3]

No me gustan los *Eiernockerln*. Bueno, los que no me gustan son los que hace mi madre. Se quedan pegados entre los dientes. Uno agarra un ñoqui, se lo mete en la boca y mastica y mastica hasta que de repente parece que te hayas metido por lo menos siete de esos ñoquis en la boca.

Normalmente siempre protesto cuando hay *Eiernockerln,* pero esa noche me los comí como una buena chica porque quería que mamá estuviera de buen humor para sonsacarle información acerca de Nimmerrichter. Comencé informándome sobre Brosinger y Kugler. Por suerte, eso también le interesaba a papá, que preguntó:

---

3. Especie de ñoquis de pasta con trocitos de huevo.

–¿Kugler y Brosinger salen juntos, no?

Mamá se echó a reír. Papá no tiene ni idea de quién vive en nuestro bloque ni de cómo se llama la gente con la que se cruza en la escalera. Únicamente conoce a Smetacek porque siempre le grita para que se limpie mejor los zapatos al entrar.

Entonces mamá dijo que si papá no estaba mejor informado sobre nuestro bloque la culpa era solo suya. ¡Que tenía que hablar con la gente! Y que ella estaba al corriente de todo, afirmó.

–¿De todo? –le pregunté con curiosidad.

Mamá asintió con la cabeza.

–¿Me dejas que te ponga a prueba? –le pregunté y fingí que aquello tan solo era un divertido juego familiar de sobremesa.

Y como había sido buena y me había tragado los *Eiernockerln,* mamá dijo:

–¡Adelante, señorita profesora, póngame a prueba!

Arrugué la frente y fingí estar pensando en alguna pregunta difícil.

Tras haber simulado haber pensado ya lo suficiente, dije:

–Hay un hombre joven. Aproximadamente un metro ochenta de estatura, pelo negro, casi siempre lleva una chaqueta a cuadros y una gorra de cuero azul. ¿Quién es?

–¿Tiene una nariz corta y le falta en un diente de delante un trocito en la izquierda? –quiso saber mamá.

–A tanto no llego –contesté.

–Pues eso, yo sí –exclamó mamá–, ¡ese es Georg Nimmerrichter!

Papá protestó.

–¡Abajo, en los buzones, no viene ningún Nimmerrichter!

–Este Nimmerrichter no vive en el bloque, es el novio de Kugler –explicó mamá apaciguadora.

Aliviada, suspiré.

–¿Satisfecha con mis conocimientos? –me preguntó mamá.

–No –contesté–, ¿dónde vive y qué oficio tiene?

Mamá me reprendió diciendo que estaba siendo injusta. Ella estaba informada sobre la gente de nuestro bloque, no sobre el de Nimmerrichter.

¡Mi padre es un verdadero cielo! Sin saber lo que estaba haciendo, me echó una mano. Murmuró:

–Nimmerrichter, Nimmerrichter, ¿no conocí yo un día a un Nimmerrichter? ¿Será ese su hijo?

–¡Seguro que sí que es su hijo! –exclamé loca de contenta.

–Pues ese Nimmerrichter vivía en Linz –dijo papá.

Mamá movió la cabeza negativamente y explicó que el Nimmerrichter de Kugler era del Tirol. Que estaba en Viena desde hacía tan solo un año y que no le gustaba nada vivir aquí, pero que no le quedaba más remedio que vivir en una gran ciudad porque había estudiado sociología y era analista de opiniones; y que los institutos de investigación de opiniones solo estaban en las grandes ciudades.

Antes de que pudiera continuar informándome del instituto donde trabajaba Nimmerrichter, mamá soltó un grito agudo y muy alto, y se quedó mirando fijamente al rincón de las plantas. Papá y yo también miramos hacia allí, pero no vimos nada.

Mamá se levantó. Se dirigió lenta y sigilosamente al rincón de las plantas. Con cuidado levantó las hojas del tilo de salón que cuelgan hasta el suelo.

–¿Pero qué demonios pasa? –preguntó papá. Mamá se agachó, luego se tumbó en el suelo y arrastró medio cuerpo, hasta la cintura, bajo las hojas colgantes.

Papá me miró sin saber qué hacer. Yo me encogí de hombros. Entonces él también se levantó y se acercó a mamá, se tumbó a su lado y parte de su cuerpo desapareció bajo la vegetación.

Papá está mucho más gordo que mamá. Cuando deslizó su parte delantera bajo el tilo de salón, todo el rincón de plantas, cuidadosamente colocado, se movió de forma peligrosa y del tiesto del ficus saltó aterrado un ratón blanco que corrió por encima de la alfombra directamente hacia mí.

Le di gracias a Dios por hacer que mis padres tuvieran la cabeza metida bajo la vegetación y agarré al ratón blanco. Maltratar a los animales es una canallada, pero no tuve elección. Me metí el ratón por el escote de mi jersey. Cayó hasta la cinturilla de mi falda y ahí se quedó colgado.

Papá y mamá salieron a gatas de debajo de las plantas.

–¡Ahí había un ratón blanco! –dijo ella–. ¡Un ratón blanco! ¡He visto claramente un ratón blanco, y yo no estoy loca!

–¡Los ratones blancos no existen en libertad! –exclamé.

–Por eso –dijo mamá.

–Te habrás equivocado, eso es todo –dijo papá.

–No –exclamó mamá.

Al principio el ratón se quedó quieto bajo mi jersey, pero luego empezó a querer salir de su prisión.

Atravesó en diagonal mi barriga y mi espalda, intentó subir por mis costillas y me hacía muchas cosquillas. Además, si uno se fijaba bien, se podía ver al ratón bajo mi jersey. Parecía un bulto nómada. Y encima, ese bicho chillaba con tono agudo e histérico.

–¡Eso venía de ahí abajo! –exclamó mamá y se metió bajo la mesa.

–¡Venía de detrás del horno!

Papá fue sigilosamente hacia el horno. Primero miró detrás, luego abrió la puerta y miró dentro atentamente.

Mamá es una persona perseverante. Como debajo de la mesa no encontró nada, siguió gateando a cuatro patas, saliendo por la puerta del salón al recibidor.

Metí la mano bajo mi jersey, pillé al ratón y lo saqué. Quise llevarlo a mi habitación, pero justo en ese momento mi papá se hartó de mirar dentro del horno.

Yo dejé caer el ratón en la fuente de los *Eiernockerln*. Coloqué los platos sucios encima, tintineando mucho con los cubiertos y hablando en voz muy alta, para encubrir los chillidos del ratón.

–Creo que mamá se ha equivocado, habrá sido mi pelota de pimpón –dije–. Ayer la perdí en el salón y seguramente con alguna corriente se ha puesto en movimiento y ha rodado tras las plantas y luego hacia aquí.

Mientras decía aquello, agarré toda la pila de platos y los llevé a la cocina. Los coloqué en el fregadero, saqué del bolsillo de mi falda la pelota de pimpón, la puse en el suelo de la cocina y le di un pequeño empujón. Salió rodando al recibidor.

–Ahí está –jadeó mamá gateando tras la pelota. En el último rincón junto al armario zapatero se hizo con ella. La agarró, se echó a reír y se la llevó a papá. Estaba muy sorprendida del engaño óptico al que podían sucumbir las personas. Y luego dijo que papá, sin falta, tenía que aislar las ventanas con tiras de gomaespuma porque lo de la pelota rodando era un signo clarísimo de que en casa había mucha corriente.

Mamá luego vino a la cocina y quiso fregar conmigo los cacharros.

–Lo haré yo sola –exclamé.

A eso no tenía yo acostumbrada a mamá. Me miró sorprendida y dijo:

–¡No hija! ¡Yo friego y tú secas!

–Por favor, déjame que lo haga yo sola –le pedí ya desesperada porque mamá se proponía abrir el grifo del agua para que la pila de platos y la fuente se remojaran.

–Pero, ¿por qué?

Mamá movió extrañada la cabeza.

–¡Quiero darte una alegría!

Mamá estaba conmovida, de eso no hay duda. Me miraba muy cariñosa.

–Gracias, cariño –me dijo y se fue al salón. Cerré la puerta de la cocina y saqué al ratón de la fuente de los ñoquis. El ratón tenía manchas amarillas y estaba grasiento. Como no tenía ni idea de si a los ratones se les podía bañar, preferí dejarlo como estaba. Abrí el grifo del agua para que mamá pensara que ya estaba fregando los cacharros y luego me fui al recibidor. Llevaba al ratón en la mano, cabía bastante bien en mi puño.

Mientras aún seguía allí de pie pensando dónde dejarlo, se abrió la puerta del profesor Vranek. Posiblemente quería ir a la cocina. Cuando Vranek me vio, empezó a temblar.

No me dio la gana de esconderme de ese impresentable. ¡Que temblara!

–¡Buenas noches, caballero! –dije.

Vranek pasó por mi lado temblando hacia la cocina.

–Hoy friego yo los cacharros, estimado profesor –continué diciendo–. ¡Si quiere puede usted ayudarme a secarlos!

Vranek tembló aún más. Intentó volver a su habitación, pero entre él y la puerta de su habitación estaba yo, así que huyó al servicio.

Yo sonreí con malicia porque ahora ya sabía dónde dejar al ratón. En el lugar que le correspondía, naturalmente. Di dos pasos hacia la puerta de Vranek, la abrí y dejé al ratón en el suelo. El ratón corrió directamente hacia el gran montón de papeles donde estaban los otros dos ratones que le saludaron contentos de volver a verlo.

Cerré la puerta.

Volví a la cocina, fregué los cacharros, limpié todos los muebles e incluso fregué el suelo.

Vranek seguía en el servicio.

Mi madre quedó muy satisfecha. Dijo que ya me estaba haciendo una chica mayor y que poco a poco también más responsable. ¡Y que si limpiar la cocina me gustaba tanto, a partir de ahora lo podía hacer todos los días!

Intenté sonreír con amabilidad.

Antes de irme a la cama, mi padre me preguntó en el cuarto de baño:

—Leo, ¿por qué chilla tu pelota de pimpón como un ratón?

Yo empecé a hacer gárgaras con el agua de cepillarme los dientes y no contesté.

—Llevo ya media hora entreteniéndome con la pelota —continuó diciendo mi padre—, ¡y conmigo no chilla!

Me puso en tal aprieto que me atraganté haciendo gárgaras y me tragué ese asqueroso enjuague.

Me entró tos. Compasivo, mi padre me dio unas palmadas en la espalda. Y mientras lo hacía preguntó en voz baja:

–¿Dónde está el ratón?

Dejé de toser.

–¿Me vas a delatar?

Mi padre movió la cabeza negativamente.

–¡En la habitación de Vranek! ¡Pero son tres!

–Sácalos inmediatamente de ahí –susurró mi padre.

Yo moví la cabeza negativamente.

–¡Leo, vas a ir a por los ratones inmediatamente!

–Pero papá –yo miré, con la cabeza ladeada, de abajo a arriba, como le gusta a papá–, ¡no puedo entrar ahora ahí como si nada y ponerme a cazar ratones!

Eso papá lo reconoció, pero me explicó que al día siguiente tenía que sacar a los ratones de la habitación de Vranek porque de lo contrario se lo diría a mi mamá.

–¡Has prometido no delatarme!

Papá suspiró:

–Creía que los tenías en tu habitación. ¡Cómo iba yo a pensar que estaban en la habitación de Vranek...!

Yo le interrumpí:

–¡Lo que se promete se cumple!

–¿Qué estáis cuchicheando?

Mamá estaba en la puerta del cuarto de baño y nos miraba con curiosidad.

–¡Solo estamos bromeando! –dijo papá.

En fin, de mi papá siempre se puede uno fiar. En primer lugar, porque siempre cumple lo que promete, y en segundo lugar, porque a él tampoco le cae bien Vranek.

¡Algunos días son especialmente duros!

El día siguiente al del ratón, fue uno de esos días.

Por la mañana, mientras me lavaba, mi padre me insistía para que recogiera los ratones. Yo se lo prometí, a pesar de que no tenía ninguna intención de cumplir mi promesa; lo que no me resultó agradable, especialmente con mi papá.

De camino al colegio me acordé de que me había olvidado el «English Vocabulary» sobre la mesita de noche y de que había olvidado estudiar para naturales.

Pero lo más desagradable ocurrió después, en el primer recreo. Voy a una clase exclusivamente de niñas, aunque también tenemos clases mixtas. Al inscribirme en el colegio, una fatalidad del destino hizo que acabara junto a ese montón de pavas.

Así que durante el primer recreo, yo estuve con Susi, que tampoco había estudiado nada para naturales, pensando cómo podríamos escabullirnos del examen, cuando Hansi Krenn asomó la cabeza por la puerta de clase y me llamó. Hansi va a una clase tres pisos más abajo que la nuestra y normalmente nunca nos vemos en el colegio. Enseguida lo supe: ¡algo había pasado!

De modo que seguí a Hansi al pasillo; perseguida por las risitas estúpidas de mis compañeras de clase. Ellas siempre se ríen por lo bajini cuando ven a un chico. ¿Por qué? No lo sé.

Hansi me condujo hacia el hueco de las escaleras. Señaló hacia el piso de abajo, a la puerta de Secretaría y me susurró:

–¡Acabo de estar ahí dentro, he ido a buscar tiza! ¿Y quién crees que también estaba dentro?

¿Cómo iba yo a saberlo?

Hansi me lo dijo:

–¡Nimmerrichter, el cuadriculado!

Yo corrí escalera abajo, Hansi detrás mío.

–¿Qué vas a hacer? –preguntó.

–¡Tengo que asegurarme! –jadeé y abrí la puerta de Secretaría. La señora Müller, la secretaria, levantó la mirada de la máquina de escribir.

En el lado izquierdo del despacho de Secretaría hay una puerta que da a Dirección, en la que se sien-

ta la señora directora. Al lado de la puerta de Dirección hay un banco acolchado. Sobre el banco acolchado cuelga un cuadro. Es horroroso y se titula *La
isla de los muertos.* Otras veces, cuando vengo aquí,
me quedo siempre impresionada, mirando fijamente *La isla de los muertos,* pero esta vez miré aún más
impresionada hacia el banco acolchado de debajo del
cuadro. En el banco estaba sentado Nimmerrichter.
¡No había duda! Era él. Esta vez incluso volvía a ir
con traje cuadriculado. Yo tartamudeé:

–¡Por favor, nuestra tiza se ha deshecho!

La señora Müller sacó del cajón inferior de su escritorio dos trozos de tiza y me explicó que era lo
único que nos podía dar.

Agarré la tiza, murmuré un «Gracias», y me quedé allí parada.

–¿Alguna cosa más, hija? –preguntó la señora
Müller.

Yo me agaché y fingí que me estaba atando los
zapatos. Nimmerrichter me observaba muy interesado cómo yo manoseaba mis zapatos sin cordones.

La señora Müller se dirigió a Nimmerrichter:

–Ya solo tardará un minutito. Un padre de cuarto E
está dentro. –Dijo señalando la puerta de la directora.
Luego añadió titubeando–: Pero no creo que la señora
directora vaya a querer eso.

–Pues debería –contestó Nimmerrichter–, ¡al fin y al cabo también es de interés para alumnos y profesores!

–¡Bueno, así es como lo ve usted! –Dijo la señora Müller poniéndolo en duda, y dirigiéndose a mí, dijo–: ¿Quieres echar raíces aquí? ¡Que ya ha sonado el timbre!

Me levanté y salí de Secretaría. Afuera me esperaba Hansi Krenn y me comunicó también que ya había sonado el timbre. Luego me preguntó:

–¿Qué? ¿Tenía razón? ¿Era él?

Yo asentí y le conté lo que había oído. A Hansi se le marcaron arrugas de preocupación en la frente.

–¿Llevaba los documentos consigo?

Yo moví la cabeza negativamente.

Nos despedimos en el hueco de la escalera. Hansi se fue hacia abajo y yo hacia arriba.

La señora de naturales ya estaba en clase. Dijo que ya que había llegado tarde no hacía falta que me sentara; me iba a examinar a conciencia. Pero al final no tardé en sentarme porque ni me supe la primera pregunta, ni tampoco la segunda, ni la tercera, y la profesora de naturales no hace nunca más de tres preguntas.

En toda la mañana, no conseguí quitarme de la cabeza a Nimmerrichter sentado debajo de *La isla de los muertos*, por eso, durante el recreo largo casi no discutí con Heidi Benedikt. Pero ella conmigo sí. Volvió a empezar con el asunto de la lana verde, y con que yo tenía que pagarle la lana a su abuela porque de lo contrario su abuela se lo diría a mi madre.

Estaba tan deshecha por lo del señor Nimmerrichter, que le pedí a Susi veinte chelines prestados y se los tiré a Heidi en la mesa.

–Déjame en paz –le añadí gritando.

Heidi levantó la nariz y arqueó una ceja. Dijo que les dijera a los demás que salía del Club del Sótano. Que nosotros éramos una mala influencia para ella y que ahora tenía un club mejor. Un Disco-Club dónde se escuchan discos y se baila.

Lo del Super Club, no me lo tragué, pero no dije nada porque me alegré de que por fin saliera del nuestro. (Y por suerte no había estado en las reuniones de las últimas semanas –solo aquel día en el parque– de modo que no tenía ni pajolera idea de nuestro secreto.)

A mediodía intenté cumplir la promesa que le había hecho a mi padre. Mientras el profesor Vranek estaba comiendo, entré en su habitación. Los montones de papel habían vuelto a crecer. En aquella habitación ya casi no se veía otra cosa más que papel. Desde luego ratones no, ¡así que me fui!

En el Club del Sótano estaban todos muy alterados por lo de Nimmerrichter bajo *La isla de los muertos*. Para Irene y para Edi estaba claro que la directora había comprado los documentos ARA.

–¡Pero seguro que aún no los ha entregado! –dijo Hansi.

–¡Tenemos que quitarle los documentos antes de que pueda entregarlos! –gritó Irene con tal volumen que temblaron las paredes del trastero. Luego comentamos lo que nuestros padres sabían acerca de Brosinger, Kugler y Nimmerrichter.

Hansi y Wolfi solo pudieron informar de meras sospechas contra Brosinger, como que recibe muchas visitas, que tiene deudas en el carnicero y que, por lo visto, un día de estos quiere emigrar.

¡Yo no paraba de hablar! Les expliqué a mis compañeros que ni tener deudas en el carnicero, ni varios amigos, ni tampoco el plan de emigrar tenían nada que ver con los documentos ARA y que estaba garantizado que Nimmerrichter, era el novio de Kugler. Pero ellos no se dejaron convencer. Joschi y Edi gritaron una y otra vez:

–¡Nimmerrichter y Brosinger están compinchados y el que no lo vea es porque es tonto!

–¡Tonto es el que no entiende que Nimmerrichter es el novio de Kugler! –grité yo.

Estuve a punto de llorar de rabia porque es desesperante saber perfectamente que uno tiene razón y que aun así nadie le cree. Bueno, *nadie* es una exageración. Takis, Christos y Hansi estaban de mi parte y gritaban conmigo.

Pero todos los demás gritaban con Joschi y Edi.

Nuestro club estuvo a punto de irse al traste debido a todos los insultos que nos lanzamos los unos a los otros.

Pero entonces Irene hizo una propuesta aceptable. Sugirió que trabajáramos en dos grupos. Mis seguidores tras Kugler. Y los demás, tras Brosinger.

Esa propuesta fue aceptada unánimemente.

El local de nuestro club es bastante reducido. Divididos en dos grupos nos íbamos a estar pisando los pies.

–Necesitamos otro local para nuestro club –le dije a Hansi.

–Vuestro trastero –dijo él.

–El vuestro –le propuse.

(Pero los dos sabíamos que nuestras madres no iban a soltar la llave del trastero del sótano.)

Christos dijo:

–¡Venid a nuestro piso!

Christos y Takis viven en un bloque muy viejo. El más viejo de toda la urbanización.

–¡Pero si solo tenéis una habitación, ahí molestaremos! –dije yo.

–*¡En casa nadie molestar si viene visita! ¡A mamá gustar visita y a papá también!*

Takis lo dijo sin ningún tono de reproche en la voz, pero aun así yo me puse colorada, porque pensé en mi mamá, que no dejaba entrar a niños extranjeros en casa.

Nos pusimos en marcha. En el portal me acordé de que aún teníamos que ir a la cabina de teléfonos a consultar los institutos de opinión. Pero o no miré bien, o los institutos de opinión no tienen apartado específico, como los carpinteros o las tiendas de manualidades. La cuestión es que no encontré nada.

Nos retiramos de la cabina de teléfonos porque una señora llevaba ya tiempo esperando. Takis me preguntó qué era un instituto de opinión. No supe explicárselo muy bien.

Hansi dijo que él ya había oído hablar de un instituto de investigación de opiniones que se llamaba SEFI. Su madre había recibido un día una tarjeta postal en la que tenía que marcar con una *X* si prefería un cartón de detergente azul o uno rojo, si le gustaba lavar con tres detergentes distintos o prefería solo uno. Y que en la tarjeta postal ponía en grande y a lo ancho SEFI.

–SEFI, SEFI –repetía Takis pensativo.

–*Ya he leído en un sitio* –dijo Christos.

–*Seguro, en un sitio* –dijo Takis–, *con letras rojas y rosas. ¡Yo pensar qué palabra ser esta ahora que yo no entender!*

–¿Dónde la leíste? –le pregunté.

Takis se encogió de hombros. No lo sabía.

De repente Christos empezó a saltar de alegría y exclamó:

–*¡Ya sé, ya sé mucho, sé dónde nosotros hemos leído SEFI! ¡Hemos leído en papel pegado en coche, que nosotros vigilar!*

–Sí, sí –exclamó Takis–, *¡sí, sí, es pegado atrás en cristal de coche de Nimmerrichter! ¡SEFI! ¡Escrito en rojo, en papel verde redondo!*

Yo corrí de vuelta a la cabina de teléfonos. La señora que nos había echado de allí acababa de terminar con su llamada telefónica. Estaba tan nerviosa que no atinaba a encontrar la página. Pero entonces lo encontré, SEFI.

–¡Hansi, un chelín! –le ordené.

Hansi me entregó un chelín y se lamentó, diciendo que la suerte de todos los niños del mundo le estaba saliendo muy cara.

Descolgué el auricular, eché el chelín y marqué el número de SEFI.

–SEFI –contestó una voz de señora al otro lado de la línea.

–Por favor, ¿puedo hablar con el señor Nimmerrichter? –seguro que mi voz temblaba de la emoción.

–El señor Nimmerrichter no está en este momento. Volverá dentro de una hora –contestó la señora.

Yo colgué el auricular en el gancho y dije en tono triunfal:

–¡Chicos, le tenemos!

Los chicos soltaron tal grito de júbilo que un anciano que pasaba en ese momento por allí se quejó amargamente. «Que dónde íbamos a llegar, que semejante jaleo irritaba a su perro de mala manera.» Nos disculpamos amablemente y corrimos al bloque en el que vivían Takis y Christos. Nunca antes habíamos estado en casa de Christos y Takis.

–¡Que Dios nos pille confesados! –me susurró Hansi cuando entramos a la escalera del bloque. Y más tarde, dentro del piso aún fue peor.

La verdad es que no sé cómo describir la cocina ni la habitación de detrás, sin provocar que alguien pueda pensar que estoy criticando a Takis y Christos. Os aseguro que esa no es mi intención, pero aun así se me ocurren expresiones que siempre suelen utilizar Heidi Benedikt y Susi cuando hablan mal de los turcos, los yugoslavos o los griegos.

En fin, olía a col y a repollo, a judías y a grasa. Las camas eran de hierro y cada funda de sofá, sábana o paño tenían un dibujo distinto. En el centro de la habitación había una mesa con un hule verde césped y encima había un jarrón de color amarillo y rosa con un ramo de rosas de plástico. En la habitación también había cuatro armarios, todos muy distintos entre sí, sobre los que se apilaban cartones y maletas hasta el techo. Por cierto, que las camas eran literas. Concretamente, tres. En las ventanas no había cortinas, sino unas piezas grises con los cantos marrón oscuro. Una de ellas estaba bajada hasta la mitad y la otra hasta abajo del todo, pero solo de un lado porque estaba medio descolgada. En la cocina había cuerdas tensadas con ropa colgada. Pero tanto en la cocina como en la habitación había muchas, muchas más cosas. Tantas que no sabría como describirlas. Dentro de la nevera no había alimentos, sino ropa porque ya no enfriaba y encima también había un televisor.

En aquel televisor solo se podía ver el primer canal, pero sin voz, así que se veía como en las películas mudas.

Cuando entramos en el piso, vimos a los padres de Takis y Christos, una señorita de pelo negro y un chico joven (muy guapo) además de otros dos hombres.

Yo pensé, ahora nos echarán porque somos tantos que no vamos a caber. Pero no lo hicieron. El padre de Takis incluso me dijo que era una niña muy guapa. La madre de Takis nos preparó rebanadas de pan con manteca. Con mucha manteca y rodajas de pan muy gruesas y con pimiento rojo asado encima. Al principio no quería comerme eso, pero la madre de Takis me miró con amabilidad y noté que estaba esperando que yo dijera: «Umm qué bueno está.» Así que di un mordisco a la montaña de manteca y dije:

–Umm qué bueno está.

Y realmente estaba bueno. Mucho mejor que las rebanadas de pan con manteca que me prepara mamá. Creo que la manteca llevaba ajo y pimienta.

Nos subimos a una de las camas literas. A la cama en la que duerme Christos. Aunque era más irregular que el paisaje de una cordillera, era increíblemente acogedora. ¡Ya me gustaría tener una igual!

Christos tiene todo lo que se puede necesitar colgado de clavos por encima y al lado de su cama. Un transistor, fotos de estrellas del cine, fotos de coches y una foto de su abuela. También sus ropas cuelgan allí, al igual que su cartera del colegio.

Los cuatro nos sentamos en la cama, que se movía muchísimo, pero a la madre de Takis no le molestó.

Luego vino de visita una mujer con un niño pequeño. Una vecina. El niño pequeño lloraba como si le estuvieran matando, pero nadie le regañaba. Todos intentaban consolarle y se reían.

Yo le dije a Takis que aquello me parecía estupendo. Takis me contestó:

–¡Así son solo con niño pequeño! ¡Con niño grande pueden ser muy malos!

–Bueno, por lo menos uno puede disfrutar de unos añitos de tranquilidad –opinó Hansi.

De tanto observar no conseguí seguir planeando. El padre de Takis se había puesto a jugar a las cartas con los otros dos hombres y a beber cerveza. La madre veía la televisión y escuchaba la radio a la vez. El niño pequeño ya no berreaba, sino que trepaba por la espalda del joven guapo y la señorita de pelo negro hablaba mucho, rápido y en griego con su madre.

Me podía haber pasado mucho más tiempo allí arriba, observando sobre la cama litera, pero Takis y Christos insistieron en que nos marcháramos. Claro, para ellos el piso no era ninguna novedad. Dijeron que teníamos que ir enseguida a SEFI.

–¿Por qué tenemos que ir a SEFI? –les pregunté.

–Está claro –contestó Hansi.

–¡Vigilar cuadriculado Nimmerrichter! –me gritó Takis al oído.

Y Christos añadió:

–*¡No ser posible dar eso a señora Jefa de Colegio!*
(Siempre confunde a la directora con la jefa de estudios.)

Nos bajamos de la cama. Takis agarró un pepino de la vieja alacena de la cocina. Lo partió por la mitad y me lo ofreció, pero yo no quería un pepino crudo, sin vinagre, ni aceite y sin ninguna clase de lechuga.

El padre de Takis volvió a decirme que soy una niña guapa. A Hansi también se lo dijo, aunque con ello el cumplido se devaluó porque Hansi no es un niño guapo en absoluto.

Estaba cansada, además hacía tiempo que tenía que estar en casa. Los seguí desganada. En el listín de la cabina de teléfono, Hansi buscó la dirección de SEFI. Comprobamos que SEFI estaba bastante lejos y después recorrimos temerosos y temblando cuatro estaciones con el tranvía. Temerosos y temblando porque hicimos el viaje como polizones, es decir, sin billetes.

SEFI estaba a tan solo dos manzanas de la parada del tranvía en la que nos bajamos. En el segundo piso, se veía el letrero rosa y rojo junto al portal.

Desde nuestra llamada telefónica había pasado ya aproximadamente una hora. Protesté diciendo que

Nimmerrichter ya estaría arriba y que nuestra espera sería inútil.

Sin embargo, Nimmerrichter aún no estaba en su despacho.

Justo llegaba con su viejo Opel y aparcó con dificultad en un hueco super grande. Al menos siete veces estuvo maniobrando hacia adelante y hacia atrás y aun así aparcó medio metro separado del bordillo de la acera. A Hansi, que algún día será un conductor muy bueno y a lo mejor incluso un conductor de carreras, aquella maniobra ¡le dolió en el alma!

¡Nimmerrichter no siguió nuestras pautas!

Entrará en el edificio para subir al segundo piso, le seguiremos y en el primer piso le daremos el alto y le pediremos explicaciones, eso es lo que pensamos, y entonces le diremos:

—¡Señor Nimmerrichter! ¡Se acabó el juego! ¡Devuélvanos los documentos robados!

Pero Nimmerrichter no entró en el portal, sino en la tienda de ultramarinos del edificio de al lado.

—¡Se nos va a escapar! —se lamentó Hansi.

Así que nosotros también entramos en la tienda.

Nimmerrichter compró cuarenta gramos de embutido, del barato, y a la tendera le dijo:

—¡Ya verá, señora Liebstöckel! ¡Pronto llegarán tiempos mejores! ¡Dentro de poco ya solo compraré latas de langosta y jamón de pata negra!

La señora Liebstöckel se echó a reír. Takis me dio con el codo. Luego Nimmerrichter se puso a buscar en la estantería de las galletas y escuché claramente como dijo:

—¡A Elvira solo le gustan las blanditas!

Hansi también lo escuchó. Se puso tan nervioso que soltó un silbido. Nimmerrichter se giró. Se quedó mirando a Hansi, luego a Takis y Christos y luego a mí. Frunció el ceño y preguntó:

—Señorita, ¿no nos conocemos de algo?

—¡No! —contesté yo.

Nimmerrichter seguía frunciendo el ceño y luego, de repente, sonrió y dijo:

—¡Claro que sí, jovencita! ¡Vas al Instituto El Buen Pastor y te atas cordones que no tienes!

—Yo voy a un colegio especial —contesté—, ¡y nunca he atado un cordón!

—Bueno, si tú lo dices —murmuró Nimmerrichter y volvió a concentrarse en la estantería de las galletas.

—Niños, ¿qué queréis? —nos preguntó la señora Liebstöckel.

Yo no tenía dinero. Hansi tampoco. Takis rebuscó en el bolsillo de su pantalón, pero no encontró más que un botón. Christos sacó diez *groschen*[4] del bol-

---

4. Groschen es a chelín lo que el céntimo es al euro. Cien groschen = un chelín.

sillo de la chaqueta. Se los enseñó a la señora Liebstöckel y dijo:

–*¡Caramelo para esto!*

La señora Liebstöckel miró la moneda indigna y dijo:

–¡No hay caramelos por eso!

–¿Por qué no? –preguntó Christos inocentemente.

–Es muy poco, muy poco –dijo la señora Liebstöckel con un ademán de desprecio.

Christos fingió no entender. Miró muy interesado los dedos de la Liebstöckel y preguntó:

–*¿Mujer, qué tener en dedos?*

Takis señaló un cartón con caramelos:

–*Uno costar diez groschen, ¿no?*

–Solo se venden de diez en diez –le explicó la señora Liebstöckel que dejó de frotarse los dedos.

–¿Por qué? –preguntó Takis. La señora Liebstöckel no le contestó. Metió la mano en la caja con los caramelos, sacó un caramelo y lo tiró encima del mostrador. Christos tomó el caramelo, puso la moneda de diez groschen sobre el mostrador y dijimos al unísono:

–Muchas gracias.

–¡Venga, largo de aquí! –nos bufó la señora Liebstöckel.

Pero nosotros no queríamos largarnos, sino esperar a Nimmerrichter.

Takis le dijo:

–*¿Por qué usted enfadada? ¡Si nosotros pagar caramelo!*

La señora Liebstöckel se dirigió a Nimmerrichter:

–Señor Georg, ¿escucha usted esto? ¡Han pagado! ¡Han pagado! ¡Con negocios como este va una a echar barriga!

–¿Quiere usted echar barriga? –le preguntó Nimmerrichter a la señora Liebstöckel y nos guiñó un ojo. Luego le dijo a la señora Liebstöckel que nos pusiera cuarenta caramelos, que él los pagaría.

¡A mí me pareció que eso era ir demasiado lejos! Como va uno a permitir que alguien al que está vigilando le regale caramelos.

–Gracias señor, pero no –dije yo. Me dirigí hacia la puerta. Los demás me siguieron. Aunque Christos de muy mala gana.

–¡Lo ve, señor Nimmerrichter, ahí lo tiene! –refunfuñó la señora Liebstöckel–. ¡Así es como son ahora los niños! ¡Con esta panda, cualquier chelín es tirar el dinero!

Primero dejé que Takis, Hansi y Christos salieran por la puerta, luego les dije:

–¡Eso ya lo sé yo! ¡Mi mami me ha prevenido! ¡Ya sé yo lo que pasa con los hombres que te quieren regalar caramelos!

–Después cerré rápidamente la puerta al salir. Pero antes de salir corriendo detrás de los demás, aún pude ver cómo la señora Liebstöckel y Nimmerrichter se quedaron con dos palmos de narices y boquiabiertos mirando.

Nos escondimos tras una columna de anuncios.

–¿Y ahora qué? –preguntó Takis.

Yo tampoco lo sabía.

Hansi Krenn es un lector empedernido de novelas policíacas. Es el que más sabe de vigilancias y persecuciones. Nos explicó:

–¡Se puede vigilar a alguien de forma que no se dé cuenta, muy discretamente!

–*¡Pero no hemos hecho!* –dijo Christos.

–Eso mismo –continuó Hansi explicando–, ¡por eso tenemos que vigilar de la otra forma!

La otra forma de vigilar la explicó Hansi de la siguiente manera:

–Ahora le seguiremos llamando la atención. Vaya a donde vaya. Hasta que se ponga muy nervioso y se delate.

Christos y Takis asintieron. Así que yo también asentí. En ese instante Nimmerrichter salió de la tienda cargado con dos bolsas. Nosotros salimos de detrás de la columna. Nimmerrichter nos sonrió divertido. Después, poco antes de llegar donde

estábamos volvió a entrar a otra tienda, en esta ocasión, a un estanco. Nosotros también entramos en el estanco.

El estanquero miró a Nimmerrichter. Nimmerrichter nos miró a nosotros y luego le dijo al estanquero:

–¡Sírvales primero a estos jóvenes!

–Piedra para el encendedor –dije.

El estanquero abrió un cajón y sacó un tubo de cristal lleno de piedras para encendedores.

–Son dos cincuenta –dijo.

–¡Solo una, por favor! –dije yo.

–¿Quéee? –El estanquero no podía creerlo.

Pero al parecer era más bueno que la señora Liebstöckel. Vació el tubo con las piedras sobre el mostrador y las contó.

–Son diecisiete –afirmó muy razonablemente y miró al vacío moviendo los labios. Durante mucho rato estuvo haciendo el cálculo mental. Cuando terminó de calcular dijo:

–El tubito a dos cincuenta. Tiene diecisiete piezas, ¡así que cuesta cada piedra quince groschen!

Takis está especializado en cálculo rápido y dijo:

–¡Perdone, señor, no! ¡Catorce enteros de groschen y siete décimos de groschen!

El estanquero agarró un bolígrafo y un papel e hizo la división.

–¡Cierto! Pero, ¿tenéis vosotros siete décimos de un groschen?

–No, lo siento –contestamos en coro y abandonamos todos juntos el estanco. Detrás de nosotros salió Nimmerrichter. A la salida del estanco había dos escalones que Nimmerrichter bajó a trompicones porque se había quedado embelesado mirándonos.

–Ya se está poniendo nervioso, muy nervioso –dijo Christos satisfecho.

Seguimos a Nimmerrichter al edificio de SEFI. Le seguimos muy de cerca. Tres veces chocó Nimmerrichter con los peatones que le venían de frente, por estar mirando de reojo hacia atrás, en vez de mirar hacia adelante. Le seguimos hasta el edificio SEFI. Subimos al primer piso detrás él. Nimmerrichter subía la escalera cada vez más despacio. Entre el primero y el segundo piso se detuvo, se giró, se nos quedó mirando y preguntó:

–¿Qué, al final os habéis decidido por los caramelos? –metió la mano en el bolsillo del pantalón e hizo tintinear el dinero.

–No son caramelos lo que queremos, se lo aseguro –contesté yo.

–Pero algo queréis, ¿no? –afirmó Nimmerrichter. Arriba en el segundo piso se abrió la puerta de SEFI. Salió una señora con abrigo, sombrero y bolso.

–Ya era hora de que llegaras –exclamó–. Tengo cita en el dentista. ¡Date prisa, el jefe te necesita!

–¿Te duelen las muelas? –preguntó Nimmerrichter.

La señora bajó la escalera. Nos miró con curiosidad y dirigiéndose a Nimmerrichter dijo:

–No, de dolor de muelas nada –estaba en el mismo escalón que Nimmerrichter. Abrió la boca de par en par, se la acercó a Nimmerrichter muy cerca de su nariz, se metió el dedo índice en la boca abierta y murmuró:

–¡Funda molar!

Nimmerrichter observó atentamente el interior de la boca de la señora. Nosotros nos pusimos de puntillas, pero no pudimos ver nada.

La señora sacó el dedo índice de la boca y dijo:

–De porcelana –y continuó bajando la escalera.

–¿Has hablado por teléfono con el Ministerio de Educación? –le preguntó Nimmerrichter.

–Hoy ya no he podido localizar a nadie –le contestó la señora desde la escalera. Cuando ya ni se la veía, añadió–: ¡Por cierto que no tienen a nadie que se encargue de eso! El asunto aún es demasiado novedoso para ellos.

Los tacones de aguja de la señora siguieron taconeando escaleras abajo hasta que se escuchó el chirrido de la puerta del portal.

¡Yo estaba que trinaba de rabia!

Que uno quiera adueñarse de un invento es, de algún modo, comprensible. Que lo robe sin más de nuestro felpudo ya no es tan comprensible. Pero que ese individuo hable abiertamente de ello en mitad de la escalera de un inmueble, y por si fuera poco, delante de nosotros, ¡eso ya era el colmo! ¿Qué se había creído ese tipo inmundo? ¿Que porque somos niños podía permitírselo todo? ¿Solo porque éramos más pequeños y más débiles? ¡Iba a ver ese quién soy yo!

Subí tres escalones de un salto. Ahora era más alta que Nimmerrichter. Se regaña mejor desde esa altura. Y le grité:

–¡Claro que queremos algo! ¡No se haga el tonto! ¡Hace tiempo que le hemos calado!

Nimmerrichter levantó atónito la mirada hacia mí. Ahora sí que estaba bastante nervioso. Por encima de su nariz apareció un tic. Y el labio superior se lo mordisqueaba.

–*Nosotros no vamos a permitir* –dijo Takis.

–¿Pero el qué? –Preguntó Nimmerrichter y luego añadió–: ¿Estáis seguros de que no os estáis equivocando?

A buen sitio había ido a parar conmigo. Puse los brazos en jarras y pregunté:

–Sí, claro, ¡no se haga el inocente! ¿Acaso no va a admitir siquiera que estuvo esta mañana en mi colegio, sentado bajo *La isla de los muertos*?

Nimmerrichter no lo negó.

–¿Qué es lo que tenéis en contra? –preguntó como si nadie pudiera tener algo en contra de un Aparato-Regula-Alumnos.

–¿Le gustaría a usted si fuera niño? –le preguntó Hansi.

–¡Yo, seguro que no tendría nada en contra! –contestó Nimmerrichter.

–Es usted un monicaco farsante –grité. Estaba realmente indignada.

–¡Pero si con eso no os va a pasar nada, os lo aseguro! –Nimmerrichter miraba como el cura dando la primera comunión.

¡No merecía la pena seguir hablando! Miré a aquel farsante con aire amenazador.

–¿Entonces qué? ¿Nos va a entregar los documentos o no?

–Eso aún tiene que decidirse –contestó Nimmerrichter e hizo ademán de pasar de largo y subir al segundo piso, pero le cerré el paso. Quiso empujarme a un lado. Yo hice contrapeso con todas mis fuerzas. Takis y Christos le agarraron de las faldas de la americana a cuadros.

–¡Los documentos! –le exigí. Nimmerrichter me empujó contra la barandilla y liberó su americana de las manos de Takis y Christos. Corrió escalera arriba. Junto a la puerta de SEFI se giró hacia nosotros y dijo, como alguien que quiere calmar a un perro ladrando:

–¡Ya está, ya está!

–*Usted ser persona sinvergüenza* –gritó Takis–, *¡querer hacer dinero con desgracia de niños!*

Nimmerrichter abrió la puerta de SEFI con una llave. Pero antes de desaparecer en el interior, volvió a murmurar:

–¡Ya está, ya está señores, ya está!

Sentíamos rabia por la impotencia. Nimmerrichter nos había tratado como a pequeños idiotas, como si fuéramos desechos.

Cabizbajos nos fuimos a casa. Sentía frío porque no llevaba abrigo. Pero la carne de gallina que tenía por todo el cuerpo no era por el frío, sino por mi madre. Esta vez sí que se había hecho inmensamente tarde.

Hansi quería volver a subir al tranvía, pero a mí me pareció que subirse al tranvía de polizón dos veces en un solo día era desafiar demasiado a la suerte.

Al llegar al portal de Christos y Takis, sentí envidia. Les seguí con la mirada mientras pateaban los quebradizos azulejos hacia la deteriorada puerta de su piso.

–Esos sí que lo tienen bien –le dije a Hansi–, ¡a ellos no les van a regañar!

–¿Quieres cambiarte por ellos? –me preguntó.

Yo contesté que sí, pero eso no era del todo cierto. En realidad no quería cambiarme de verdad, sólo un par de cosas.

–A mí no me gustaría ser ninguna chusma extranjera –dijo Hansi.

–Chusma extranjera no se dice.

–¡Si lo digo en plan cariñoso!

–¡Aun así es un insulto! –le expliqué.

–¡Si no lo digo con mala intención! –respondió.

Tal vez tenga razón. Sobre todo si se tiene en cuenta que la madre de Hansi siempre dice «chusma extranjera», pero luego deja a Christos y a Takis entrar en su casa y es amable con ellos, mientras mi madre jamás diría «chusma extranjera», pero a esos dos nos los quiere ni en su recibidor.

¡Pero qué sé yo!

Al llegar al portal de nuestro bloque nos avasalló Wolfi Reisl. Nos susurró que el cuadriculado tenía que estar en el bloque.

Nosotros le contestamos que segurísimo que el cuadriculado no estaba dentro. Wolfi nos enseñó un avión de papel. Por cierto uno muy mal hecho. Y nos dijo:

–Hace diez minutos me fui a sacar a pasear a *Fifi* y entonces el avión de papel aún no estaba en el escalón, pero cuando volví hace dos minutos, ¡ahí estaba tirado!

Fifi, el perro gordo de Wolfi, ladró afirmando lo que él había dicho.

Yo no entendía qué podía tener que ver un avión de papel con Nimmerrichter, pero al fijarme más detenidamente en el avión, me quedé planchada. El avión estaba hecho de folios de carta. Y el folio estaba escrito con tinta roja. Lleno de números y signos. Con letra de alfombra persa.

¡Nos quedamos tan sorprendidos que no pudimos decir una sola palabra!

Antes de que me pudiera recuperar de la sorpresa, aparecieron de golpe la señora Krenn y mi mamá bajando por la escalera.

–¿Pero vosotros sabéis la hora que es? –berrearon las dos.

La señora Krenn agarró a Hansi por el brazo y mi mamá me enganchó a mí por el cuello del jersey. Mamá estaba tan furiosa que temblaba.

–Suéltame –le bufé. No soporto que me trate así delante de otros niños. Además, no podía respirar porque mamá estaba tirando tanto de la parte trasera del jersey hacia arriba, que por delante se me estaba clavando el escote contra la nuez. Creía que iba a ahogarme. ¡Mamá siempre dice que a los niños no se les pega, que eso no es educar! Pero maldita sea, yo hubiera preferido un bofetón porque eso duele menos. Hice contrapeso contra la mano que sujetaba el cuello de mi jersey. No por rebeldía testaruda como más tarde afirmó mi madre, sino porque quería respirar. Y entones respiré y grité:

–Papá, papá, papá. –Entonces a mamá le salieron manchas rojas por todo el cuello. Supuestamente yo le había dado a mi madre una patada en la espinilla. Luego salió papá por la puerta del piso, corrió escalera abajo y le dijo a mamá que me soltara porque aquello era una escena muy indigna.

Mamá me soltó, subió la escalera a nuestro piso y cerró la puerta tras de sí dando un portazo.

Papá no llevaba llave. Cuando uno sale corriendo a rescatar a su hija no se suele acordar de llevarse la llave de casa. Llamamos al timbre insistentemente hasta que por fin mamá nos abrió. Estaba llorando y le dijo a papá que a partir de ahora podía educar él mismo a su hija. Papá le contestó que para eso no tenía tiempo.

Mamá se fue al dormitorio. Nosotros miramos en la cocina a ver lo que había para cenar. Mamá había cocido pasta y el jamón estaba cortado en tiras y al lado había un cuenco con nata y yemas de huevo.

Parece ser que estaba haciendo *Schinkenfleckerl*.[5] Estuvimos esperando a ver si venía y terminaba de cocinar, pero no vino.

Así que echamos el jamón frío por encima de la pasta fría y lo rociamos con la yema y la nata. ¡No estaba precisamente bueno!

Papá dijo que tenía que hablar conmigo.

Me contó que una hora antes había presenciado algo muy extraño y a la vez muy bochornoso. Y que todo lo había hecho únicamente para salvaguardar la paz familiar. Mientras Vranek había ido a cenar, papá entró en su habitación. Quería sacar a los ratones de allí. Hacía tan solo tres minutos que Vranek se había marchado. Papá pensó que aún tendría mucho tiempo, cuando de repente se abrió la puerta de la habitación y entró Vranek.

–Ja, ja, ja –exclamó, pero no como si se riera alguien.

Papá quiso explicarle por qué estaba gateando por su alfombra, pero Vranek no le dejó pronunciar palabra y bufó:

–¡Ahora lo entiendo todo! ¡Ja, ja, ja! ¡Le pillé, sí, le pillé!

Vranek sacó un avión de papel del bolsillo y bufó:

–¡Esta es la prueba irrefutable! ¡Y hoy ya van dos!

5. Guiso típico austríaco cuya base es la pasta y el jamón.

Papá le pidió a Vranek que por favor aclarara por qué el avión era una prueba y de qué. Vranek contestó:

—¡Únicamente por consideración a la querida señora renunciaré a ir a la policía! ¡Pero sabré defenderme!

Naturalmente papá se quedó muy confuso y salió de la habitación de Vranek.

Yo también me quedé confusa, cuando me lo contó. ¡No entendía nada! ¿Por qué, pensé, nos roba Nimmerrichter los documentos, se los ofrece a la directora y al ministro de Educación, y luego, hace con ellos avioncitos de papel? ¿Qué pretende conseguir?

Por más vueltas que le daba, no le veía ningún sentido a tan extraño comportamiento.

—Yo no sé nada, te lo prometo —juré, refiriendo mi juramento a los dos aviones de papel de Vranek.

—¡Leo, tú sabes algo!

—¡Leo, dime qué está pasando!

Así continuó papá, hablando sin parar. Eso me puso de los nervios. Tenía que pararlo. Hacía un par de semanas había leído un libro para chicas, en el que una madre indagaba hasta el fondo en la vida íntima de su hija, la cual le dijo a la madre: «¡Confía en mí! ¡Tengo que llevar este asunto hasta el final! ¡Después, podré explicártelo todo!»

Así que le dije a papá:

—¡Confía en mí! ¡Tengo que llevar este asunto hasta el final! ¡Después, podré explicártelo todo!

La madre de la niña del libro había reaccionado asintiendo con una bondadosa sonrisa.

Mi papá no asintió bondadoso. Tal vez la diferencia fuera que la hija del libro no estaba involucrada en el robo del ARA, sino en una acción secreta en favor de niños hambrientos, a la que ella había dado vida.

Así que como papá no quiso confiar en mí, lo intenté con otro truco. De algún modo, papá es un romántico así que, lastimosamente, me quejé:

—Papá, he tenido que adquirir un compromiso de silencio con los compañeros del club. (Cosa que no había hecho porque con tanto alboroto, no había tenido tiempo para eso.)

Lo del compromiso le gustó a papá. Pero seguía sin estar satisfecho:

—¿Seguro que no es nada ilegal? —indagó.

—¡Se trata de la felicidad de todos los niños del mundo! —contesté.

—¿Pretendéis hacer felices a todos los niños? —preguntó papá.

—No —le contesté—, solo queremos que no estén aún peor.

–¿A ti te va mal? –preguntó papá haciéndose el sorprendido.

–Sí –contesté.

–Pues a mí me va aún peor –dijo papá.

–Pero la diferencia es que yo no puedo hacer nada para remediar tu malestar, pero tú sí podrías hacer mucho para remediar el mío.

–¿Qué puedo hacer? –preguntó papá.

–Que mamá no se enfade por mis «aprobados» y si no me gustan los *Eiernockerln*, que me prepare un bocadillo de embutido. Y quiero que deje entrar a Christos y a Takis en mi habitación. Y que le dé igual que me ponga pantalones o faldas, o cómo me peino... ¡Y con mi paga quiero comprarme lo que yo quiera! Y que no me enganche por el cuello de la ropa, y...

Podría haber seguido como mínimo escribiendo una página más, pero papá me interrumpió:

–Leo, estás enumerando lo que mamá debe y no debe hacer...

Esta vez le interrumpí yo:

–¡Quiero que se lo expliques!

Papá no quiso hacerlo. Prefirió explicarme a mí por qué mi mamá esperaba todo aquello de mí y que ella solo lo hacía por mi bien.

¡Ese discurso ya me lo sabía de memoria! Me fui a mi habitación. Por mucho cariño que le tenga a papá, tengo que reconocer que cuando las cosas se ponen feas, siempre se echa atrás. Él me entiende, pero no me ayuda, así que tampoco me ayudaría contra el ARA. En ese caso también diría que a mamá le parecería un buen invento, aunque, en su opinión, fuera una idea horrible, pero hacer, no haría nada. Mientras me lo imaginaba, se me puso la piel de gallina por todo el cuerpo. Seguí imaginándome cómo serían las cosas tras la expansión del ARA:

Cada colegio tendría un ARA en Dirección. Me lo imaginé como las máquinas de una tintorería. Me vi delante de la directora explicándole que en inglés voy cada vez peor porque la profesora de inglés da el contenido demasiado rápido y yo, ¡por mucho que estudio, no consigo seguirla!

Tras eso la señora directora tomaría una ficha para perforar y picaría con una perforadora de revisor un par de agujeros en ella. Luego introduciría la ficha en el ARA-Máquina-de-tintorería y entonces saldría una tira de papel en la que pondría:

LELE BINDER / AYER EN EL CLUB DEL SÓTANO / ANTEAYER DE PASEO / ANTE-ANTEAYER JUGANDO CON HANSI KRENN / LEYENDO UNA DE POLIS / ÚLTIMA VEZ QUE ESTUDIÓ INGLÉS HACE UN MES / ¡DURANTE UN CUARTO DE HORA!

Cuando, después de eso, me imaginé la mirada de la directora, decidí no imaginarme nada más, sino pensar de inmediato en la suerte de todos los niños del mundo y luchar con más fuerza aún contra el ARA. Me senté en el escritorio, sujeté un folio y escribí con letra rápida:

«¡No hay tiempo que perder! ¡Hay que estar bien alerta! ¡Lele, piensa, piensa en algo!» Debajo escribí: «¿Qué hay de los aviones?» Detrás dibujé al menos setenta interrogantes. Pero los aviones seguían siendo para mí tan incomprensibles como antes.

Eran las nueve y media. Decidí irme a dormir. Al cruzar el recibidor para ir al baño, vi ante la ventana del recibidor una nota colgando de la cuerda de Wolfi Reisl. Agarré el papel y leí:

–¿Qué pasa con los aviones? ¿Por qué crees que el cuadriculado no estaba en el edificio?

Un asunto de semejante complicación no se puede contestar en una mini-nota.

Me asomé por la ventana y grité hacia arriba:

–¡Wolfi, sal a la escalera!

–¡Voy enseguida! –contestó Wolfi.

Me quedé quieta unos segundos en el recibidor para ver si mamá en el dormitorio o papá en el salón se movían. No se movieron. Abrí sigilosamente la puerta de salida. Wolfi bajaba en ese momento por la escalera.

Wolfi tiene suerte porque tiene a *Fifi*. Primero, un perro siempre es bueno, y segundo, Wolfi solo tiene que decir: «¡*Fifi* quiere pis!» y ya puede desaparecer con *Fifi*, y encima la señora Reisl está contenta con él.

Pero yo, pobre diablo, era una sin-perro y no tenía llave de casa. Mi mamá cree que soy demasiado pequeña para eso.

Cerré la puerta del piso tras de mí, pero no del todo. Dejé abierta una rendija en la que metí mi bolígrafo, que en realidad era el bolígrafo de papá, para que la puerta no pudiera cerrarse.

Wolfi, *Fifi* y yo bajamos la escalera y nos sentamos encima de la esterilla ante la puerta del sótano. Mientras hablábamos tuve que estar todo el rato rascándole la barriga a *Fifi* porque si no habría ladrado y atraído a Smetacek.

Después de que le contara a Wolfi todo, sin dejarme nada, decidió pasarse a nuestro grupo. Dijo que los demás no habían descubierto nada de nada y que se pasaban todo el rato discutiendo sobre quién iba a dirigir esta misión-criminal.

Le dije a Wolfi que nos veríamos al día siguiente a las tres en casa de los Patakos. Wolfi se despidió de mí porque ahora *Fifi* sí que necesitaba salir. Yo me fui a la escalera. No había hecho más que subir dos escalones cuando desde el primer piso oí un grito ceceante. Corrí escaleras arriba y al llegar me quedé petrificada. En el primer piso, a un metro de la puerta de casa, estaba el señor Vranek. Llevaba un camisón de dormir blanco con bordillos rojos y nada más. Únicamente sus pantuflas. Miraba fijamente por el hueco de la escalera hacia el segundo piso. En la mano sostenía un avión de papel. Estaba tan alterado que al verme se olvidó de sus temblores. Ceceó:

–¡Acaba de bajar planeando! ¡El tercero!

–¿Qué hace usted en el pasillo? –le pregunté.

–¡Lo descubriré! –me contestó.

–¿Qué es lo que va a descubrir? –me informé y quise verle más de cerca porque un camisón de esos, hoy en día, ya es muy raro de ver.

–Voy a recuperar lo que es mío y descubriré lo que hay detrás –masculló Vranek y luego gritó hacia el segundo piso–: ¡Señor Binder, dese por vencido! ¡Se acabó el juego!

–Papá está sentado frente a la tele –dije con amabilidad.

Vranek se me quedó mirando fijamente y de repente se acordó de que temblaba cuando veía a un niño. Así que empezó a temblar, y de tal forma que recuperó de golpe los temblores olvidados.

Salió huyendo hacia nuestra puerta. Yo tras él,

para que no me cerrara la puerta ante mis narices. Entramos dando traspiés al recibidor. Y allí estaba, en el centro del recibidor, mi mamá. Yo pensé que ahora me iba a enterar. Pero mamá no dijo nada. Solo miraba atónita. Yo quise cerrar la puerta, pero se atascaba porque el bolígrafo aún estaba en el suelo, entre la puerta y el marco. Vranek se agachó, recogió el bolígrafo y dijo temblando como hoja al viento:

–¿Y esto de quién es?

Mamá se acercó y contestó:

–Es de mi marido –y extendió la mano para agarrarlo. Pero Vranek no lo soltó y añadió que el bolígrafo era una nueva prueba.

Entonces salió papá del salón y preguntó que a qué venía tanto alboroto.

Vranek le amenazó con el bolígrafo y chilló:

–Me hago cruces de cómo ha podido usted bajar tan rápido del segundo piso y salir ahora del salón, ¡pero probablemente me haya distraído esta niña del demonio!

Levantó el bolígrafo como la estatua de la libertad su antorcha y su voz tembló chillando en los tonos más agudos:

–¡Pero este bolígrafo de aquí convencería a cualquier jurado!

–¿Pero qué es lo que pasa? –se lamentó mamá.

–¡Pobre, querida señora, en usted no recae ninguna sospecha! –dijo Vranek. Su voz se calmó. Se fue a su habitación.

–Voy a volverme loca –dijo mamá suspirando. Entonces debió acordarse de que en realidad estaba enfadada con nosotros y volvió al dormitorio, cerrando la puerta de un portazo.

–Vranek ha perdido la razón –murmuró papá. No me lo murmuró a mí, sino a la alfombra del recibidor.

Después fui directa al baño.

No había hecho más que sentarme en el váter, cuando Wolfi volvió a su casa. Oí a *Fifi* lloriquear. Solo tenía que haber susurrado «Wolfi» y le podría haber contado a través de la ventana del baño lo del último avión de papel, pero no lo hice. Estaba demasiado cansada y demasiado desconcertada.

¡Aquella noche no hice más que soñar cosas sin sentido!

Y siempre intervenía una extraña mujer. Una mujer alta y rubia con una falda roja de pliegues y una gorra rosa. Después de un centenar de pesadillas, decidí quedarme despierta. Me acordé de que la única persona de mi círculo de conocidos que tenía una falda roja y una gorra rosa era Elvira Kugler.

¡Eso había sido una señal en sueños!

¡Ahora ya estaba todo claro!

Eran las cinco de la madrugada, yo estaba tumbada en mi cama boca arriba y lo sabía: «¡Nadie más, sino Kugler, hacía volar los aviones de papel por el hueco de la escalera!»

Me levanté de la cama. Y comencé a dar vueltas de la puerta de mi habitación a la ventana, de un lado para otro. Cada vez que llegaba a la ventana, miraba a la calle. No había gente a la vista. Pero el perro del carnicero estaba sentado frente a nuestro bloque y miraba fijamente hacia nuestro portal. El perro del carnicero es un perro muy independiente. No sabemos cómo se llama en realidad, pero nosotros siempre lo llamamos *señor Smetacek* porque siempre va corriendo tras la señora Smetacek, lloriqueando con mucha teatralidad.

Yo pensé: «si el *señor Smetacek* mira de esa manera hacia nuestro portal, ¡tiene que haber alguien ahí!». Así que abrí la ventana y me asomé. El portal está justamente debajo de mi ventana. Vi las puntas de unos zapatos de caballero.

Las puntas de zapatos me parecieron sospechosas. Mi corazón empezó a latir con fuerza. Entonces, desde arriba, junto al bloque de los Patakos un hombre dobló la esquina. Un señor mayor. Tenía bigote y llevaba un sombrero con ornamento de pelo de gamuza y un abrigo verde de lana gruesa tipo *loden* tradicional.

De repente lo tuve claro. A ese hombre le había visto en los últimos días al menos diez veces. Con Smetacek delante del portal, una vez en el rellano, una vez en el parque de enfrente y junto a la parada del tranvía, también en el carnicero y luego un par de veces más.

El señor del *loden* se detuvo ante nuestro portal. Las puntas de zapatos salieron de nuestro portal. Del susto que me pegué casi me caigo por la ventana. Encima de esas puntas de zapatos estaba ¡Vranek!

Vranek estrechó la mano al señor *loden* y dijo en tono muy amable:

—Por favor, ¿era esto necesario? ¿A estas horas de la mañana?

Luego Vranek empezó a cecear muy nervioso y sacó los dos aviones de papel del bolsillo. El del *loden* dijo:

—Ajá, ajá, ajá —e inspeccionó los aviones e incluso los olió. Luego Vranek volvió a cecear de forma incomprensible y el del *loden* agitó su pelo de gamuza y la cabeza. Después, de repente, el del *loden* miró hacia arriba y me vio asomada a la ventana. Me puse a cubierto tras la cortina.

Cuando me atreví a asomarme de nuevo ya sólo vi la parte trasera de los dos. Cruzaron la calle y luego caminaron a lo largo de la verja del parque, hasta la esquina. Allí hay una caseta en la que está La salita de té y licor de Madeleine. Madeleine abre muy temprano por la mañana. Y allí va la gente que ha estado de fiesta toda la noche y aún no quiere parar. El señor del *loden* y Vranek entraron en el Madeleine. ¡Pero seguro que no para seguir de fiesta!

Cerré mi ventana.

En la cocina mi mamá hacía tintinear la vajilla, desde el cuarto de baño escuché el agua de la ducha.

Pensándolo bien, hoy era un buen día. No tenía colegio. ¡Era el día del claustro! Es lo mejor que hay porque ese día solo nuestro colegio libra, mientras los demás niños tienen que ir al colegio. (Claro que al revés no es tan bueno. Por ejemplo, cuando el colegio de Reisl tiene su día del claustro y yo tengo que ir al Instituto El Buen Pastor y Reisl, desde su ventana, me sonríe con sorna.)

Me di cuenta de que, debido a las circunstancias no había tenido ocasión de informar a mi madre del día libre en el colegio.

Decidí dejarlo pasar. Así tendría más libertad de movimiento.

–¿Ya estás levantada, Leo? –me preguntó papá, cuando entré en el cuarto de baño.

–No, sigo acostada en mi cama –contesté.

Compartimos el lavabo y escupimos harmoniosamente, uno al lado del otro, el enjuague de los dientes.

En el desayuno mamá me castigó con su desprecio y a papá el café le resultó demasiado caliente.

Agarré mi cartera del colegio y me dispuse a salir de casa.

–¡Aún son las ocho menos cuarto! –dijo papá.

–¡Hoy tengo que estar antes en el colegio! –contesté.

–Para copiar los deberes, ¿no? –me bufó mamá. Me quitó la cartera de las manos y la abrió. Al parecer quería comprobar los cuadernos de los ejercicios. Pero por desgracia no llevaba ningún cuaderno en la cartera. Mamá volcó la cartera y tiró todo su contenido en el suelo de la cocina.

Por el suelo de la cocina rodaron cortezas de pan, trozos de manzana podrida, chicles viejos y un montón de cosas más que a mi madre le parecieron poco apetitosas.

Por orden de mi madre tuve que recogerlo todo con la escoba y el recogedor. Luego me arrastró a mi habitación, me pidió el horario de clase, lo estudió y, por último, tuve que prepararme la cartera.

¡Después de eso me pesaba la cartera por lo menos ocho kilos! Jamás en la vida habría metido yo tantas cosas, ni siquiera, si hubiera ido realmente al colegio. Me hizo meter en la cartera hasta el atlas y el diccionario. Me hizo sacarle punta a los lápices y tuve que buscar una goma de borrar. ¡Yo estaba que trinaba!

Pero el almuerzo, sin embargo, no me lo dio. Una niña que lleva bocadillos y manzanas podridas en la cartera, no lo merece, me explicó. Papá se estaba preparando para ir a la oficina. Fui a verle.

–¡Papá, por favor, necesito veinte chelines para la Asociación de Padres y la Cruz Roja Juvenil!

Papá me entregó un billete de veinte. Le di las gracias y salí del piso, pensando si de verdad papá se había olvidado de que anteayer ya me había dado un billete de veinte para la Asociación de Padres y la Cruz Roja Juvenil o si simplemente mi papá era una persona muy buena.

Tenía que deshacerme de la cartera. La llevé junto al fantasma del arbusto, la deposité en la profundidad de lilas y le encargué al alcalde que me la vigilara. Luego volví al Madeleine. Aplasté la nariz como un sello contra los sucios cristales. Pero aparte de dos hombres apoyados contra el mostrador, que seguro no eran ni Vranek ni el del *loden*, no había nadie más en el local.

No pude evitar murmurar:

–Mierda –varias veces, una detrás de otra.

Luego me fui al parque y me senté en un banco. Me levanté el cuello del abrigo, porque corría un viento muy desagradable.

Enterré los puños en los bolsillos del abrigo y cavé con la punta del pie en la gravilla. Tenía frío.

Niños con carteras del colegio, mujeres con bolsas para la compra y hombres con maletines para documentos pasaron de largo. Me imaginé, cómo sería, si los niños llevaran los maletines para documentos, los hombres las carteras del colegio y las mujeres las bolsas de la compra. Luego me imaginé, cómo sería si los niños y las mujeres no llevaran ni cartera, ni bolsas y en cambio los hombres llevaran las carteras del colegio a la espalda, bajo el brazo derecho el maletín para documentos y en la mano izquierda la bolsa de la compra. En ese momento se sentó alguien a mi lado en el banco y dijo:

–Hace ya mucho frío.

–Mmm –dije yo. No me gusta que me interrumpan cuando estoy pensando.

–¿No hay colegio hoy? –preguntó ese alguien.

Todo el rato que había estado pensando, había tenido la mirada fija en la punta de mis pies, pero ahora cambié para mirar a ese alguien. Mi corazón empezó a latir con fuerza. Era el del *loden*.

–Tenemos el día del claustro –contesté.

–Ya me gustaría a mí –dijo el del *loden* y se frotó los dedos.

–Mmm –dije yo.

–¿Eres la hija del señor Binder? –preguntó.

–Mmm –dije yo.

–¿Qué tal le va a tu papá? –preguntó.

–¿Conoce usted a mi papá? –pregunté yo.

–Mmm –dijo él, ahora.

Discretamente, observé al del *loden* de reojo. La verdad es que no parecía peligroso. Al menos no tenía el aspecto de la gente que describen como personas peligrosas.

–¿Ya se ha ido tu papá a la oficina? –preguntó el del *loden*.

–¿Por qué se interesa usted por mi papá?

–Mmm –dijo el del *loden*–, ¡le conozco de antes!

Eso era mentira. Mi papá seguro que no le conocía.

Me encontraba en una encrucijada.

Por una parte esa persona parecía inofensiva, pero por otra... ¿y si era un asesino? ¡Vranek dijo que él sabría cómo defenderse de papá! ¿Y si Vranek enviaba un asesino a papá?

«Los asesinos tienen otra pinta», me decía una voz interior. Pero otra voz interior distinta me decía: «Lele, si tú sólo conoces los asesinos de las películas americanas. Un asesino vienés puede que lleve pelo de gamuza y abrigo de *loden* tradicional. La voz interior también decía: «De todos modos... ¡películas! Tan solo piensa en las enfermeras de las películas. Todas unas señoras buenas y guapas, y luego piensa en la enfermera que después de tu operación de anginas te estuvo metiendo el puré de patatas con embudo por la garganta.» Pero mis dos voces interiores me decían: «La mejor defensa es un buen ataque.» Miré al ojo miope del del *loden* y dije con mucha convicción:

–¡Usted no conoce a mi padre! ¡Pero sí conoce al profesor Vranek!

El del *loden* suspiró y asintió con la cabeza, luego me preguntó:

–Ese profesor Friedemann Vranek, ¿qué clase de tipo es?

–¿Por qué me lo pregunta a mí?

–Le conozco tan solo desde hace tres días –dijo el del *loden*. Me estaba poniendo nerviosísima con su continuo frotamiento de dedos y su no parar de echarse el aliento sobre los nudillos fríos.

Me habría gustado seguir hablando con el del *loden*. Seguro que me habría aportado algo para el esclarecimiento de la situación. Pero en la entrada del parque apareció una mujer con un bolso de la compra. Esa mujer era mi madre, sin duda.

Me levanté de un salto y salí corriendo. No miré hacia atrás. Corrí y corrí sin parar, hasta que al otro lado del parque me encontré en la calle. Pensé: «Papá ya se habrá ido con el coche a la oficina. Si mamá está cruzando el parque, significa que va camino del mercado. En cuyo caso pasará una hora larga hasta que vuelva.»

De modo que en mi casa había vía libre.

Volví de nuevo por el parque. El banco en el que había estado sentada con el del *loden*, estaba vacío. Crucé la calle, entré en nuestro bloque, subí al tercer piso y llamé al timbre de los Krenn. Al fin y al cabo Hansi también tenía libre en el colegio.

La señora Krenn me dio un refresco para beber y un trozo de bizcocho para comer. Me senté con ella en la cocina y la ayudé a pelar patatas porque Hansi aún no estaba vestido. Se estaba bañando y lavándose el pelo. Yo pelé las patatas con mucho cuidado y esmero. Mi madre jamás creería que soy capaz de pelar tan bien las patatas. Justo cuando tenía entre las manos una patata especialmente trabajosa, de las de hoyos profundos y grandes raíces, me dijo la señora Krenn:

–Lele, anda sé buena. Baja a ver a tu mamá y dile que si me puede dejar el cuaderno de moda de punto. El que tiene el jersey verde con las estrellas.

Del susto me clavé el pelapatatas en el dedo gordo y dejé caer la patata.

–¿Qué te pasa? –preguntó la señora Krenn.

La señora Krenn es una buena mujer. Rechoncha, sonrosada y amable. Si no está hablando, está tarareando para sí misma. Naturalmente de vez en cuando también se enfada, pero eso nunca suele durarle mucho tiempo.

–¿Qué te pasa? –preguntó la señora Krenn de nuevo.

Me chupé un poco de sangre del pulgar, luego dije:

–Por favor, lo siento, es que no puedo bajar porque mi madre cree que estoy en el colegio.

Ahora era la señora Krenn la que soltó su patata. Movió la cabeza negativamente y se rió:

–¿Sabes qué Lele?, yo había oído hablar de niños que dicen que se van de casa al colegio y en realidad van a otra parte, pero de alguien que, por decirlo de algún modo, hace campana al revés, ¡¡¡no había oído hablar nunca!!!

Le dije a la señora Krenn que todo era demasiado complicado para explicárselo ahora y ella contestó que de todos modos no necesitaba saberlo. Pero que temía que mi mamá subiera a lo largo de la mañana para echar una charlita con ella y entonces eso sería muy incómodo para las dos. Mamá podría entonces echarle en cara que encubriera un extraño comportamiento infantil.

Hansi gritó que ya estaba listo, que solo le faltaba secarse el pelo y que después podríamos irnos. Poco después sonó el timbre de la puerta. Gracias a Dios que no era mamá, sino el señor Krenn, que es demasiado vago como para sacar sus llaves del bolsillo. El señor Krenn es representante, pero no de la misma clase que Brosinger. El señor Krenn va de comercio en comercio y apunta cuántos cubitos de sopa van a necesitar los tenderos la semana siguiente. Por lo visto, gana mucho dinero con ello.

El señor Krenn dijo:

–¡Hola conejito! –se refería a su mujer. No tuve más remedio que sonreír porque la señora Krenn era con toda seguridad el conejo más gordo y grande que había en el mundo.

Luego dijo el señor Krenn:

–¡Bueno, por hoy ya es suficiente! –Se refería a lo de apuntar cubitos de sopas.

Y luego me dijo a mí:

–Lele, acabo de encontrarme con tu padre.

Yo dije:

–¿Es que vende usted los cubitos de sopas también en las oficinas?

Krenn se echó a reír y dijo que solo le faltaba eso. Dijo que no había visto a papá en la oficina, sino junto al viejo Danubio. Que había estado visitando unos comercios de aquel barrio y alrededores, y que en un aparcamiento de allí, estaba mi padre.

–No –dije yo–, ha tenido usted que confundirse porque papá está en la oficina.

Krenn dijo que de ningún modo se había equivocado, porque había estado hablando con papá.

La señora Krenn no hacía más que hacerle seña-
les a escondidas a su marido, pero el señor Krenn no
la veía porque estaba sentado delante de la nevera
sacando embutido y pepinillos y queso. Y mientras
tanto seguía hablando:

–Tu papá se fue enseguida con su coche. Sólo había ido a la tienda de *delicatessen* a comprarse tres
bocadillos de embutido, y dijo que se había tomado
un día libre, ¡y que iba a disfrutarlo de lleno!

Ahora el señor Krenn ya se había llenado su plato de embutido y queso hasta los topes. Se giró, me
vio sentada boquiabierta y vio a su mujer haciendo
muecas a escondidas.

–¿No debería? –preguntó.

–¡Naturalmente que no! –exclamó la señora
Krenn.

–¿Y por qué no? –el señor Krenn no entendía.

–Porque papá ha dicho en casa que se iba a la oficina. ¡Como todos los días!

–Señor, señor –murmuró el señor Krenn– ¡cómo
iba yo a imaginarme algo así! ¡Cómo va uno a saber
que un hombre hecho y derecho tiene que mentir
para poder ir un rato a pescar!

–¿Se ha ido a pescar? –le pregunté.

–Creo que llevaba los atavíos de la pesca en el coche –dijo el señor Krenn–, y luego creo que dijo que

iba a ir con el coche al huerto a cavar algo y que después iba a bajar al viejo Danubio, ¡a pescar un pez!

La señora Krenn se rió divertida. Dijo que eso era muy típico de nuestra familia, que en un mismo día, dos de sus miembros a la vez, hicieran algo que le ocultaban al tercero.

Está claro que con el tercero de la familia se refería a mi mamá. Naturalmente que se pueden decir muchas cosas de mi madre, pero me parece que la señora Krenn no tenía que haberse reído de mi mamá.

Gracias a Dios que Hansi había terminado de secarse el pelo y me sacó de la cocina.

–¿Adónde vais? –preguntó la señora Krenn.

–A evitar un delito –contestó Hansi muy serio. A los Krenn les pareció gracioso.

En la escalera, Hansi me dijo que ese era el mejor método, ceñirse siempre a la verdad. Porque de todas formas sus padres nunca se lo creen.

Le conté a Hansi lo del señor del *loden*. También le conté lo de mi sueño con la señora de la falda roja y el gorro rosa.

–¡Kugler! –exclamó Hansi enseguida. Incluso mis conclusiones, relacionadas con los aviones de papel y la señorita Kugler, le parecieron bastante razonables.

Por lo del asesino, Hansi intentó tranquilizarme. Afirmó que en Viena no había asesinos. Pero yo no estaba tranquila. Al fin y al cabo Hansi tampoco sabía más sobre asesinos que yo.

Bajamos lentamente por la escalera, hasta el primer piso, después echamos a correr.

—¿Crees que los Patakos estarán en el colegio? —preguntó Hansi sin parar de correr.

Yo no lo creía. Corrimos hacia el bloque de los Patakos. Yo con el miedo en el cuerpo porque pensé que mamá podría estar ya de vuelta a casa y mirar casualmente por la ventana del salón.

No tuvimos que llamar al timbre de la puerta de los Patakos. Estaba abierta de par en par. En la cocina estaban la señora Patakos, otra señora griega y el señor Neukirchen, el casero del piso. Yo le conozco porque también es nuestro casero. Tiene un total de ocho casas. Pero él no vive en ninguna de ellas, sino en una novena casa, que es un chalet muy a las afueras. A mí no me gusta Neukirchen.

Por lo visto a la señora Patakos y a la otra señora griega tampoco les gustaba porque estaban enfadadas con él. Por lo que yo entendí se trataba de los retretes. Estaban atascados. Neukirchen estaba furioso y gritaba que esa gentuza extranjera dejara de tirarlo todo al retrete, y verían como así no se atascaba.

La señora Patakos estaba tan nerviosa que hablaba griego y alemán mezclado. Pero aun así se entendía. Solo Neukirchen hacía como si no entendiera nada.

—¡A mí hábleme en alemán, si quiere algo de mí! —repetía una y otra vez.

Aquello me pareció una maldad. Pero aún peor me pareció lo que dijo después:

—¡Si estos están todos atrasados! ¡Qué sabrán ellos de cómo comportarse en un país civilizado, lo rompen todo, todo lo estropean, gentuza extranjera subdesarrollada! ¡Eso es lo que son!

Generalmente no es mi estilo explicarle a gente como Neukirchen ni lo más mínimo. Primero porque no sirve de nada y segundo porque cuando lo hago me dan taquicardias. Pero aun así, esta vez lo hice. Me planté ante Neukirchen y dije:

—¡Lo que está usted diciendo no es verdad! ¡Los griegos ya tenían una cultura cuando nuestra gente de aquí aún no tenía nada! ¡Pregúntele usted a mi profesora de historia, ¡ella le dirá dónde está la cuna de la cultura occidental! ¡Porque está en Grecia!

Neukirchen me miró de forma alelada. Probablemente ni siquiera sabía lo que era la cuna de la cultura occidental. Y dijo:

—¡Estúpida niña, estúpida perdida! Entonces, ¿por

qué llenan los retretes de porquerías?, si son unas personas tan cultas, ¿eh?

Esta vez no pude remitirme a la profesora de historia, pero la contestación me la sabía de todos modos. Y esta vez de Takis.

—Eso también se lo puedo decir porque usted cobra tanto alquiler por un solo piso de una habitación con cocina que tienen que vivir en él un mínimo de ocho personas para poder pagarlo. ¡Y tienen solo un retrete en el pasillo para cinco pisos! Más de cuarenta personas tienen que utilizar el mismo retrete. ¡Así, hasta el mejor retrete acabaría atascado, por muy distinguidas y cultas que sean las personas!

Aún habría podido exponer más cosas, pero al parecer Hansi Krenn se sentía incómodo. No hacía más que tirarme del abrigo y lamentarse.

—¡Leonooora, cállate ya, Leonooora!

Neukirchen estaba inmensamente indignado. Dijo que yo era un mal bicho. Luego salió corriendo del piso y del bloque. (Por cierto, que mi prolongado discurso sobre el retrete no sirvió de nada. Los retretes siguen hasta hoy sin arreglar.) Durante mi discurso, Christos y Takis me habían estado espiando asomados a la puerta de la habitación riéndose por lo bajo. Salieron después de que Neukirchen se marchara.

La señora Patakos suspiró, me dio unas palmaditas en el hombro y dijo:

—*¡Mucho hablar, bien hablar, no servir de nada!*
—Entramos en la habitación. Ahora ya no me parecía tan acogedora, porque ya no había gente, solo muebles feos. Esta vez también me fijé en que todas las paredes tenían humedades y estaban llenas de profundas grietas. En algunas partes se podían ver hasta las tejas. Hacía frío.

Nos subimos a la cama de Christos, nos sentamos muy juntos unos de otros y nos echamos una manta de lana por encima de los hombros.

—*¡La semana que viene nosotros tener estufa de señora de casa de al lado!* —dijo Takis.

—¿Por qué no compráis nunca nada nuevo? —preguntó Hansi, tan tonto como solo él puede ser. Pero gracias a Dios, Takis y Christos no se toman a mal esas cosas.

—*Estufa, es estufa* —se rió Christos.

—*¡Y semana que viene nosotros tener nuevo abrigo y zapatos, cuando papá recibe nuevo dinero!* —dijo Christos.

Después de continuar un rato hablando sobre estufas, abrigos y dinero, decidimos ir en busca de la señorita Kugler.

La señorita Kugler trabaja para un dentista que

solo pasa consulta por las tardes. Hasta mediodía ella siempre está en casa.

–*¿Y nosotros qué decir a Kugler?* –preguntó Takis.

–Pues le preguntaremos simplemente por qué echa a volar los aviones por la casa y por qué participa en una canallada así contra los niños.

Lentamente caminamos hacia nuestro portal. La señora Smetacek estaba arrodillada encima del felpudo del portal con un cuchillo puntiagudo en la mano. Otra vez estaba a la caza de chicles viejos. Nos dijo que teníamos que esperar porque no se iba a levantar expresamente por nosotros. Cuando se levanta, sus viejas rodillas crujen y así no hay manera de que mejoren. Esperaba tras el trasero de la señora Smetacek, como si me estuviera quemando la planta de los pies, pero no había forma de adelantar al trasero de la señora Smetacek por un lateral. Llenaba toda la puerta del portal. Y pensé: «¡Cómo venga ahora mamá, estoy perdida!»

Cuando por fin la señora Smetacek terminó, la ayudé a ponerse en pie. Era verdad, a duras penas podía levantarse sola, aunque yo no creo que sea por las rodillas. Creo que, simplemente, cuando está de rodillas su punto de equilibrio queda demasiado atrás.

Subimos al tercer piso. Delante de la puerta de la señorita Kugler discutimos quién debía llamar al timbre. Nos lo jugamos a cara o cruz con una moneda de diez groschen.

Le tocó llamar a Takis.

Hansi, Christos y yo nos escondimos en el hueco junto a la ventana del rellano. También podía ser que la señorita Kugler no estuviera en casa. Y cuando ella no estaba en casa y alguien llamaba a su puerta, entonces salía la señora Krenn y decía que la señorita Kugler no estaba en casa y preguntaba si querían que le diera algún recado. La señorita Kugler estaba en casa, abrió la puerta del piso una rendija y dijo:

–¡Lo siento chico, pero no tengo ropa vieja!

–*Da igual, yo no querer ropa vieja* –contestó Takis.

–¿Entonces qué quieres? –preguntó la señorita Kugler.

Los demás salimos del hueco y dijimos:

–¡Tenemos que hablar urgentemente con usted!

–¿Sobre qué? –Kugler estaba sorprendida. Nos pidió que entráramos. Nos condujo al salón y nos ofreció asiento en el sofá.

La señorita Kugler se sentó enfrente de nosotros en un sillón rojo con flecos. Ella se encendió un cigarrillo.

–Habla de una vez –me susurró Hansi, ya que antes habíamos acordado que la negociación la llevaría yo. Me lo había preparado todo muy bien, pero ahora las ideas se me habían desordenado. Indefensa empecé a balbucear:

–Es por su novio y por los documentos ARA y porque seguro que él también podrá ganar dinero con otras cosas. Dígale por favor que no sea tan malo.

La señorita Kugler me miró fijamente con los ojos muy abiertos.

Hansi me miró con desprecio. ¡Y tenía razón! Había prometido actuar como una furia. Y ahora estaba allí sentada, tartamudeando y suplicando.

–¿De qué estás hablando? No tengo ni idea de lo que hablas –dijo la señorita Kugler. Al igual que su novio, fingía no haber roto un plato en su vida. ¡La gente que va de inocente por la vida es la que peor me cae!

–Lo sabe muy bien, sabe perfectamente de lo que hablo –exclamé y me alegré de comprobar que poco a poco iba notando en mí sentimientos de furia.

La señorita Kugler sacudió un poco de ceniza de su cigarrillo y movió negativamente la cabeza.

Con tono irónico la ataqué:

–De modo que usted no sabe lo que lanza a diario por ahí para torturarnos, ¿no?

La señorita Kugler se levantó de su sillón de flecos de un brinco.

–¿Os habéis vuelto locos? ¡Yo jamás en la vida he lanzado nada y mucho menos he torturado!

Y luego olfateó y gritó:

–¡Lo que faltaba, algo se está quemando!

Se fue corriendo a la puerta de la cocina. Al abrirla, salió un olor que apestaba bastante.

–Carne quemada –dijo Takis.

–De cerdo –dijo Christos.

La señorita Kugler volvió al salón. Abrió la puerta del balcón para que entrara aire fresco.

–Y todo esto por vuestra estúpida charlatanería –se enfadó.

–Ya no huele mal –dijo Christos.

–Ya huele un poco bien –dijo Takis.

La señorita Kugler cerró la puerta del balcón y la ventana.

–A mí se me queman a menudo las cosas –dijo–, normalmente me da igual, pero hoy no debería haber dejado que se quemara porque va a venir mi novio a comer y está muy mimado y no le gusta comer nada quemado.

–Quite raspando –le aconsejó Takis.

–¿Que haga qué? –preguntó la señorita Kugler.

–*Pues quitar raspando, lo negro de carne y hacer salsa nueva con mantequilla y harina y a lo mejor usted tener pepinillos y pimientos y una pizca de nata.*

La señorita Kugler miró fascinada a Takis.

–¿Pero sabes cocinar?

–*Lo guisa cuatro veces a la semana, cuando mamá
limpiar pisos de gente* –dijo Christos orgulloso.

–¿Podrías enseñarme qué has querido decir con
lo de la salsa nueva y la nata? –preguntó la señorita
Kugler con suavidad.

Y nos fuimos a la cocina.

La carne no estaba muy negra. Pero la sartén sí.
Takis cortó de un filete asado una esquinita, lo probó
y dijo:

–¡Esto no sabe a nada de nada!

–Es lo mismo que dice siempre mi novio –se lamentó la señorita Kugler. Takis repasó las estanterías de la cocina de la señorita Kugler con su mirada.

–*Sí tener de todo lo que hacer falta para buena
carne* –opinó. Agarró el Ketchup de las estanterías y
varios frascos de salsas.

La señorita Kugler le dio un vaso de nata y un
frasco de pepinillos en vinagre.

Takis troceó, y removió y añadió. Y entremedio
siempre iba probándolo.

La señorita Kugler le observaba como a Santa
Claus repartiendo regalos. Luego Takis le acercó la
cuchara y le dejó probar.

Después de probarlo, una sonrisa descaradamen-
te alegre apareció en su cara.

–Muchas gracias –exclamó–, ¡eres un cocinero extraordinario!

–*No cocinero extraordinario* –contestó Takis–, *¡solo no patoso!*

Eso tal vez fue un poco descortés, pero la señorita Kugler estaba tan encantada con la salsa, que ni siquiera lo oyó. Untaba la cuchara una y otra vez en la salsa y la chupaba.

–Ya vale –dijo Christos y le quitó la cuchara–*¡que si no, no quedar nada para hombre!*

Y entonces, de repente, apareció en todas sus dimensiones, en el umbral de la puerta de la cocina: ¡Georg Nimmerrichter! No le habíamos oído llegar.

–*Ciao*, Georg –dijo la señorita Kugler–, ¡hoy vas a comer algo bueno! ¡He tenido unos ayudantes de primera!

–¿De dónde salen estos? –dijo Nimmerrichter señalándonos a nosotros.

La señorita Kugler contestó:

–Este es Hansi, el vecino de enfrente, y ella es la niña del primero, a este no le conozco y este, ¡es un cocinero estupendo!

–¡Qué me aspen! –dijo Nimmerrichter.

–Al principio no nos hemos llevado nada bien –se rió la señorita Kugler–. Decían que yo iba por ahí lanzando cosas, ¡pero ahora ya somos buenos amigos!

Nimmerrichter se encendió un cigarrillo, se apoyó contra el marco de la puerta y dijo:

–¡Sois los niños más extraños que he visto jamás!

–Sé bueno ¿sí? –dijo la señorita Kugler–, ¡que te han cocinado una comida impecable!

Nimmerrichter dio una calada al cigarrillo.

–Por cierto, a la señora directora la he camelado –dijo dirigiéndose a mí–, ¡y el Ministerio de Educación también ha dado su consentimiento!

Nos miraba alegrándose de nuestra desgracia. Luego añadió:

–¡No seáis tan testarudos! ¡Todos tenemos que vivir de algo! ¡Yo también!

–¡No le da vergüenza! –exclamé indignada.

Christos le bufó furioso:

–*¡Qué bonito oficio, hacer negocio y dinero con el desgracia de niños pequeños! ¡Usted ser mala persona peor que casero Neukirchen!*

Yo estaba destrozada.

La directora lo había aprobado. El ministro de Educación también. ¡Todo el esfuerzo y el sufrimiento no habían servido de nada! Sentí tanta rabia que se me llenaron los ojos de lágrimas.

Me abrí paso entre Nimmerrichter y el marco de la puerta y me fui al salón de la señorita Kugler. No quería que nadie viera mis lágrimas.

Me limpié las lágrimas de los ojos.

Entonces lo vi, allí arriba en un altillo, entre un fular y un colgante: un avión de papel. Lo tomé en la mano y pensé: «¡Ahí hay otro! Habría sido una prueba tan buena.» Pero ahora cualquier prueba resultaba inútil. ¡La desgracia ya era imparable! Nimmerrichter vino al salón. La señorita Kugler con la sartén de la carne tras él. Detrás, Christos, Takis y Hansi. Nimmerrichter señaló el avión de papel.

–¡Un trabajo pésimo, vuela como un pato mareado!

–¡Mejor lo plancha bien, para que el ministro de Educación pueda leer lo que pone en él!

Nimmerrichter me lo quitó de la mano.

–Es cierto –murmuró–, ¡pero si tiene algo escrito!

Bueno, ¡eso era el colmo!

Observaba fijamente la letra de dibujo de alfombra persa.

–Lo había tomado por papel de envolver con un dibujo moderno –y luego añadió–. ¡Pero es bastante ininteligible.

–No se preocupe el ministro de Educación lo podrá leer –le bufé–, ¡de lo contrario no se lo habría comprado!

La señorita Kugler repartió los filetes y la salsa en dos platos.

Y mientras tanto se lamentaba:

–Pero niños... no os volváis otra vez tan raros como al principio, si ahora ya hemos hecho una salsa estupenda y somos buenos amigos, ¿a que sí?

Nimmerrichter olió su plato de carne, parecía estar satisfecho con el olor.

–Niños –dijo, mientras probaba la salsa–, ¡niños con vosotros aún me va a dar algo! Anda sentaos un momento aquí, por favor –y señaló el sofá en el que ya habíamos estado sentados antes–. Y por favor, explicadme por qué soy una persona tan mala y por qué iba yo a vender aviones de papel.

Nos sentamos. Estaba demasiado triste y demasiado cansada y demasiado desanimada y demasiado decepcionada, como para decir algo.

Pero Hansi dijo:

–Ahora que el ARA ya ha sido vendido al ministro de Educación, ¡ya todo da igual!

Nimmerrichter tragó un trozo de filete y dijo:

–¡Por favor, yo... yo no he vendido nada! Y menos aún al ministro de Educación.

–Pero si le vi en nuestro colegio –exclamó Hansi–, además hace ya rato que usted admitió haber estado allí.

Nimmerrichter soltó el tenedor y el cuchillo. Se sentó muy erguido y dijo muy lentamente:

–Fui a Dirección del Instituto El Buen Pastor, para recabar el permiso para hacer una encuesta entre los alumnos. La señora directora dijo que no tenía nada en contra pero que primero tenía que tener la autorización del Ministerio de Educación. ¡El Ministerio de Educación lo ha concedido y la semana próxima haremos la encuesta en el Instituto El Buen Pastor!

–¿Autorización para qué? –preguntamos al unísono.

–Bueno para lo habitual. Cosméticos y cosas parecidas. Cuánto dinero se gastan las jóvenes en pintalabios y eso, y qué marcas les gustan más. ¡Recibimos el encargo de una empresa de cosméticos!

Estaba sentada, tiesa y petrificada. Más tiesa y más petrificada que el fantasma del arbusto en medio de las lilas. A Hansi, Takis y a Christos les pasaba lo mismo.

–*¿Usted no querer vender ARA a jefe estudios?* –preguntó Christos que fue el primero en recuperar el habla.

Nimmerrichter habló despacio y claro, como si lo hiciera a pequeños estúpidos:

–¡Quería pedirle a la señora directora que repartiera los impresos para la encuesta entre las alumnas! ¡Y no tengo ni idea de lo que es un ARA!

Yo volví a tomar el avión en mi mano.

–¿Y de dónde ha sacado esto? –le pregunté.

–De esos tengo unos cuantos más –dijo la señorita Kugler enseguida–. No sé por qué, uno creo que entró por la ventana, otro estaba de repente sobre la alfombra. ¡De algún modo esos chismes aparecen de repente!

Me levanté y salí al balcón. Al lado del balcón de la señorita Kugler, estaba el balcón de los Pribil, y junto a la barandilla del balcón de los Pribil estaba Poldi y me hizo:

–¡Beeee!

Me di la vuelta y segundo a segundo... mientras volvía al salón de la señorita Kugler... una sospecha iba cobrando cada vez más certeza.

Debí quedarme en mitad de la habitación como una sonámbula porque todos me preguntaron qué me pasaba y si me encontraba mal.

Yo contesté:

–Poldi me ha hecho «¡beee!»

–¿Y qué? –Hansi no me entendió.

–Estaba en el balcón y me ha hecho «¡beee!».

–*Sí, Poldi hacer siempre* –dijo Takis que tampoco me entendía.

Yo dije:

–Poldi me ha hecho «¡beee!» igual que aquel día.

–*¿Qué querer decir aquel día? ¡Si él hacer siempre!* –Christos empezaba a impacientarse.

–Aquel día en el que los documentos del ARA desaparecieron de nuestro felpudo, él estaba arriba, junto a la barandilla de la escalera, e hizo «¡beee!» ¡Pero yo no sospeché de ese burro!

Ahora me entendieron.

Hansi se quedó boquiabierto, Takis chirrió con los dientes, Christos se levantó de un salto.

–¡Ese cerdo, ese animal, ese perro sarnoso! –gritaron. Para ser exactos Christos gritó:

–*¡Esa cerdo, esa animal, esa perro sarnosa!*

La señorita Kugler nos pidió que no fuéramos tan ordinarios.

De verdad que nosotros normalmente no somos niños especialmente ordinarios, ¡pero hay que imaginárselo! Se pasa uno pateando y corriendo y persiguiendo a Nimmerrichter. Le vigilamos y le espiamos, maquinamos y observamos, y luego resulta que ha sido el niño más tonto de todo el bloque, qué digo de todo el bloque, de toda la ciudad, de todo el país, el que nos ha robado nuestro tesoro-ARA. Hansi habló por todos nosotros cuando gritó:

–¡Venganza!

Primero quisimos saltar todos por el balcón de Kugler al balcón de los Pribil, lo que habría sido fácil porque la distancia entre uno y otro es como mucho de medio metro. ¡Pero la señorita Kugler dijo que solo por encima de su cadáver! ¡Que aquello entrañaba peligro de muerte!

Además no quería dejarnos marchar. Era una persona rematadamente curiosa. Por cierto, Nimmerrichter también. No dejaban de preguntar qué era un ARA y por qué aquellos aviones eran tan importantes, y qué era lo que se le podía vender al ministro de Educación.

Nos despedimos educadamente de los dos, les dijimos que ahora ya estaban libres de toda sospecha y abandonamos el piso. Teníamos que entrar en el piso de los Pribil. ¡Y de inmediato! Pero no era tan fácil. Con gente normal uno podría haber tocado el timbre y haberle dicho a la señora Pribil:

—¡Querida señora, tenemos que cruzar unas palabritas con el sinvergüenza de su hijo!

Pero con la señora Pribil no se podía. Habría sido como entrar en la jaula de los leones y arrebatarle su cachorrito a la leona.

La señora Pribil vive exclusivamente para Poldi; es lo que dice la gente de nuestro bloque. Pero la verdad, puestos a vivir exclusivamente para alguien, yo me habría buscado a alguien mejor que Poldi. Pero claro, la señora Pribil no tiene a nadie más. Además,

Poldi también tiene solo a la señora Pribil porque los demás no la aguantan. Es tonto, tontísimo, feo y malo y diabólico y está bizco y es traicionero y...

Bueno, sé que mi papá va a leer mis anotaciones y sé que a mi papá no le va a gustar lo que estoy diciendo de Pribil. Por eso quiero añadir un pequeño apartado especialmente para mi papá. Los niños no necesitan leerlo porque ellos ya lo tienen claro de todos modos. Allá voy:

Querido papá, ¡tienes razón!

Poldi no tiene la culpa de que todas las cosas que a los demás niños no nos gustan se hayan concentrado en él. Pero para ti es fácil decir que aun así yo debo ser amable con él. ¡Inténtalo tú y verás! Tampoco le echamos del Club del Sótano porque él no sirviera para nada, Jonni Huber tampoco sirve para nada y aun así le seguimos aguantando, sino porque es sencillamente insoportable.

Cuando no está haciendo «¡beee!», hace «bang-bang» o «wuaca-wuaca». O grita sin parar: «¡Yo Tarzán, tú Jane! ¡Yo Tarzán, tú Jane!»

Eso no hay quién lo aguante. Y cuando nos reíamos solo un poquito de él, se le ponían las orejas rojas como un tomate y nos daba patadas y nos escupía y nos pellizcaba y nos mordía. Cuando se ponía furioso, incluso nos escupía mocos.

¡Tú dices, que Poldi está bizco, que no tiene padre, que la señora Pribil le está malcriando, que no tiene a nadie que se ocupe de él!

¡Por favor!, ¿y por qué no te ocupas tú de él, o la señora Krenn o mamá u otra buena persona adulta?

Vosotros únicamente observáis tranquilamente cómo Poldi se hace cada vez más bobo y más retorcido y más malo, y no movéis un solo dedo. ¡Pero nosotros tenemos que aguantarle!

Bueno, querido papá, esto ha sido todo.

Otra vez me he desviado del tema. Pero ahora volvamos a mi informe de la situación.

Teníamos que entrar en el piso de los Pribil y no sabíamos cómo eludir a la señora Pribil. A mí no se me ocurría ninguna idea. Hansi tuvo una muy tonta, pero Takis tuvo una muy útil. Dijo:

—*Poldi tener notas malas en colegio, ¿verdad? Y Pribil siempre quejarse de no tener dinero para pagar a hombre que dar clases a Poldi en cálculo, ¿no?* —nosotros asentimos.

—*Y seguro que Pribil contenta, si alguien dar clases de cálculo a Poldi sin pedir dinero, ¿no?*

Otra vez asentimos.

—*¡Entonces, ya tener!* —dijo Takis contento.

—¿Por qué? —pregunté.

–¡Desde ahora, nosotros ser Asociación de Niños Buenos! Nosotros llamar a timbre puerta y decir, ¡Asociación de Niños Buenos, nosotros ayudar a Poldi con cálculo!

Miré a Takis con admiración. Takis continuó:

–Tú decir –dijo señalándome a mí–, *señora Pribil, nosotros ayudar a niños, al pobre Poldi ha tocado primero boleto, su Poldi pronto tener todo sobresalientes en papel anual.*

–Pero decirle –le interrumpió Christos–, *tener que empezar enseguida, porque Poldi niño especialmente pobre de cabeza, y tener que pasar pronto.*

Yo llamé al timbre.

La señora Pribil miró por la mirilla de la puerta. Yo me enfundé mi mirada de niña buena. La señora Pribil abrió la puerta. Desconfiada se nos quedó mirando. Poldi estaba detrás de ella y se asomaba tras su gran cadera izquierda.

Miré a la señora Pribil toda contenta como si ella fuera mi regalo de Navidad.

–Querida señora Pribil, somos unos cuantos niños que se han unido en una Asociación de Ayuda. ¡Nos han especializado en matemáticas y ahora damos clases de apoyo por amor al prójimo!

–Nononono –exclamó Poldi y se puso tras las caderas a cubierto.

–Psss..., Poldi –dijo la señora Pribil e hizo algo que parecía como si se estuviera acariciando su propio trasero, pero en realidad estaba acariciando la cabeza de Poldi.

–Y eso, ¿cuánto costaría? –preguntó la señora Pribil.

–Nada –contesté–, ¡por amor al prójimo, es gratis!

Pero la señora Pribil seguía desconfiada. Señaló a Christos y a Takis.

–¿Por qué viene también esta chusma extranjera?

De buena gana le habría dado una patada en la espinilla, pero me contuve y tan tranquila como me fue posible contesté:

–Señora Pribil, por favor, ellos no son ninguna chusma extranjera, sino los hijos de un jeque árabe emigrado. Desde los tres años han tenido a un profesor particular en matemáticas. ¡Y en cálculo son verdaderos Einstein!

La señora Pribil seguía mirando a Takis y a Christos. Sobre todo sus ropas, y esas realmente no parecían las de los hijos de un jeque del desierto. Así que dije rápidamente:

–¡Naturalmente van de incógnito! ¡Ya sabe cómo son los ricos! Por eso el jeque ordenó que sus hijos tenían que vestir igual que los hijos de los trabajadores inmigrantes, para que no los secuestraran.

¡Aquello era simplemente estúpido! Pero para la señora Pribil nada era lo suficientemente estúpido.

Nos dejó entrar en el recibidor, a pesar de que Poldi seguía berreando:

–¡Nononono!

Fuimos a la habitación de Poldi. La señora Pribil nos siguió. A Poldi lo tuvo que llevar a rastras.

–Poldi, no seas tonto, ¡estos niños son de una Asociación! ¡Van a ayudarte!

Le pedí a Poldi su cuaderno de cálculo. La señora Pribil lo sacó del cajón del escritorio.

–*Señora poder ir tranquila fuera* –dijo Christos. Pero la señora Pribil no le hizo caso. Se sentó sobre la cama de Poldi, entrelazó las manos y observó esperanzada. Al parecer quería estar presente cuando Poldi se volviera listo.

Ojeé las hojas del cuaderno.

Los cálculos de Poldi estaban todos mal. Por encima de estos había vuelto a poner cifras erróneas. Y estas las había tachado la profesora con una raya roja.

En tono solemne dije:

–Con Poldi vamos a tener que empezar desde el principio.

Encantada, la señora Pribil asintió con la cabeza.

Poldi berreó:

–¡Nonononono!

–¿Cuánto son dos más dos? –le pregunté.

Poldi siguió berreando y no contestó.

–Venga Poldi, dilo, si lo sabes –dijo lastimosa la señora Pribil.

–Nonononono.

–Poldi, me estoy empezando a enfadar –le regañó la señora Pribil–, los niños de la Asociación quieren ayudarte y tú...

–Nonononono.

–¡Poldi, me vas hacer sacar el sacude-alfombras!

–Nonononono.

Nos sentíamos intimidados. «¡Si al menos la vieja Pribil se fuera de una vez!», pensé. Pero la señora Pribil no se fue. Se agachó hacia delante, metió la mano bajo la cama de Poldi y sacó a la luz un pequeño sacude-alfombras.

–¡Poldi, Poldi! –le amenazó.

–Dos más dos son cuatro –sollozó Poldi.

–Lo ves. ¡Si cuando quieres, puedes! –dijo la señora Pribil bajando el sacude-alfombras.

Le puse el cuaderno a Poldi bajo la nariz y le señalé un problema que aún no estaba resuelto.

–Resuelve esto –le ordené.

–Doce más...

–Nada de doce –le interrumpí–, ¡se dice veintiuno!

La señora Pribil metió baza:

–¡Lo ves, eso lo hace siempre! Confunde las cifras de atrás de un número, con las cifras de delante, en vez de catorce también dice siempre cuarenta y uno.

–Vaya, vaya –murmuré e hice como si estuviera pensando en una solución.

–Su señorita ha dicho que si no se quita esta manía, este año volverá a repetir –continuó diciendo la señora Pribil.

Takis se sentó a la mesa, justamente enfrente de Poldi y miró fijamente sus ojos bizcos.

Siguió mirándole y luego dijo:

–*¡Señora Pribil, por favor, equivocación de números no venir de ser tonto! Venir de poder mirar mal, porque Poldi mirar en cruz. ¡Con ojo izquierdo a lado derecho y con ojo derecho a lado izquierdo!*

La señora Pribil asintió emotiva. Takis continuó explicando:

–*Ahí estar sentado, pobre niño, y tiene que ver con ojo izquierdo el uno y con ojo derecho el dos. ¡Pero no hacer porque estar bizco! Y ve el uno con ojo derecho y el dos con ojo izquierdo, ¡naturalmente no doce, sino veintiuno!*

Gracias a Dios que sonó el teléfono, porque de lo contrario la señora Pribil se habría dado cuenta de que Takis le estaba tomando el pelo. Además yo casi no podía aguantarme más la risa. La señora Pribil se fue al recibidor. Aún escuchamos como dijo:

–Hola, Heidi–, después cerramos la puerta de la habitación. Yo agarré a Poldi por un hombro y Hansi le agarró del otro. Clavé mis uñas bajo su clavícula y le susurré:

–¡Ni un solo ruido! ¡O te arrepentirás!

Para que la amenaza fuera más efectiva, Christos le puso una navaja de juguete delante de la cara. Poldi no hizo ningún ruido.

–¿Dónde están nuestros documentos, canalla? –susurró Hansi.

Como Poldi no contestaba, Christos le paseó la navaja a lo largo de la nariz, como lo había visto hacer en las películas.

Entonces Poldi gruñó:

–¡Bajo la cama, en la caja de los Lego!

Takis sacó la caja de debajo de la cama. Además de las piezas de construcción también había en la caja dos calcetines viejos, un osito pequeño de peluche y una hoja de los documentos ARA.

–¿Y los demás? ¿Dónde están los documentos, Poldi? –Pregunté clavándole las uñas en la clavícula con todas mis fuerzas.

–Están en el cubo de la basura, ¡ay, ay! –se lamentaba Poldi.

Le solté, abrí la puerta de la habitación y salí corriendo a la cocina. Hansi, Takis y Christos me siguieron.

La señora Pribil estaba de pie en el salón, se veía a través de la puerta abierta, y seguía hablando por teléfono.

Yo saqué el cubo de la basura de debajo de la mesa de la cocina y abrí rápidamente la tapa. Agarré el cubo por el asa y lo volqué. Cáscaras de huevos, posos de café y una cantidad bárbara de piel de patata rodaron por el suelo de la cocina, pero de los documentos ARA no había ni rastro.

Hansi volvió corriendo a la habitación de Poldi y regresó en décimas de segundo con él. Naturalmente Poldi no vino por voluntad propia, sino que Hansi lo trajo de la oreja.

–¿Dónde están nuestros papeles? ¡Quieres tomarnos el pelo! –Enfadada señalé las cáscaras de patata y los posos de café.

–Es que mamá ha vaciado el cubo esta mañana temprano –lloriqueó el chaval.

–¡Maldita sea mi estampa! –bufó Hansi.

A mí los bufidos se me atascaron en la garganta porque la señora Pribil apareció en la puerta de la cocina. Atónita miraba al suelo de la cocina.

–Poldi, ahora sí que no te vas a librar del sacude-alfombras...

Poldi interrumpió a su madre:

–¡Pero si no he sido yo, han sido ellos, ellos!

De alguna forma conseguimos pasar disimuladamente y corrimos escalera abajo para salvar la vida.

Christos y Takis salieron corriendo a la calle, Hansi corrió tras ellos. Yo me detuve. Primero porque tenía flato, lo que me suele ocurrir siempre que estoy nerviosa y tengo que correr, y segundo, ¡porque soy una persona muy responsable!

Fui a nuestro patio. Nuestro patio es muy pequeño. Aproximadamente tres por tres metros. En él no caben más que una barra para sacudir alfombras, tres contenedores y cien moscardones. Por las noches, supuestamente, también hay ratas.

Tras la puerta del patio me puse a cubierto.

Agudicé el oído y escuché algo muy desagradable. Alguien estaba fundiendo el timbre de una puerta a timbrazos. Reconocí el timbre, era el nuestro. Y tenía muy claro que quién se había quedado pegada con el dedo en el timbre era la señora Pribil. Escuché a mi madre decir:

–¿Sí? ¿Quién es? –y a la señora Pribil gritar que yo había maltratado a su Poldi y que había cometido allanamiento en su piso y que me había infiltrado y que había llevado conmigo a los hijos de un jeque y que ni siquiera le había dado las clases de apoyo y que se iba a quejar a la Asociación que nos había enviado. Luego aún se escuchó como mamá le pidió a la señora Pribil que entrara en el piso y después se cerró la puerta. Desde nuestro patio interior se veía el cielo azul. El sol no se veía, de modo que debía ser más tarde de mediodía, de lo contrario no habría tenido tanta hambre. Mientras cavilaba sobre la hora que sería, llegó Wolfi Reisl entrando por el portal. Le silbé bajito, él me oyó y vino al patio. Me dijo:

–¡Ya son más de las tres! Acabo de estar en casa de los Patakos porque ayer dijiste que nos veríamos allí a las tres.

Le conté a Wolfi cómo estaban las cosas. Wolfi abrió la tapa del contenedor y dijo asqueado:

–¡Puah! –y lo volvió a cerrar añadiendo–, Lele, aunque se tratara de mucho más que la suerte de todos los niños del mundo, ¡yo no puedo meter la mano ahí dentro!

Yo no soy tan delicada, así que agarré el viejo palo de escoba que estaba apoyado contra la pared de la casa, abrí la tapa del contenedor y empecé a rebuscar. Del contenedor emanaba un olor bastante horrible. Wolfi se puso muy pálido, tenía la nariz tapada y quería marcharse.

Le encargué que fuera hasta el parque, mirase a ver si Hansi y los Patakos estaban allí y me los enviara para ayudarme. Luego, como Wolfi tiene muy buenos modales, de esos que tanto le gustan a mi madre, le dije que fuera a ver a mi mamá y que echara discretamente un vistazo para ver cómo estaban las cosas en mi familia.

Wolfi se piró y yo seguí revolviendo en la porquería con la escoba. Por cierto, que es asombroso la cantidad de pan que hay en un contenedor de esos. Con él se podría haber alimentado a una cuadra entera de ponis.

Como era de esperar, al revolver tanto en la basura, mucha de la porquería cayó al suelo del patio. De modo que pronto me vi metida hasta los tobillos. Y aunque no soy tan sensible como Wolfi, al final casi vomito porque saqué un trozo crudo de carne sobre el que se deslizaban un montón de gusanos grandes, gordos y blancos. Del susto que me pegué casi me caigo en el montón de basura.

Justo cuando iba a darme por vencida, pasaron dos cosas. Primero, Wolfi volvió y, segundo, trajo consigo a Hansi y a los Patakos. Y yo catapulté hasta el último rincón del contendor un pepino podrido con el palo de la escoba El pepino brillaba verde-plateado y azul-amarillento y tenía pegado a él una hoja del ARA. Entonces volví a recuperar la esperanza. Con aire triunfal

les enseñé a los demás el pepino con el papel. Christos se metió entusiasmado con medio cuerpo en el contenedor y entonces, ¡lo encontró! ¡El ARA-tesoro!

El ARA-tesoro estaba bastante deteriorado. La escritura estaba empapada e ilegible y además estaba todo pegajoso, sucio y calado de grasa, porque había estado depositado sobre un trozo de margarina rancia.

–Lele, tira eso inmediatamente, por favor –me pidió Wolfi señalando un gordo gusano que se arrastraba por el borde de una de las hojas. Le pregunté si estaba loco y presioné el taco de papeles incluido el gusano fuertemente contra mi pecho.

–*¡Pero si eso, eso tan sucio, ya no poder nadie vender a ministro!* –dijo Takis.

–Ningún ministro va a aceptar algo tan sucio –dijo Hansi.

–*Si no poder leer nada* –dijo Christos.

–Buenas tardes –dijo el del abrigo *loden*. Estaba de pie junto a la puerta del patio, miraba los documentos ARA que yo sostenía en mis brazos y preguntó:

–¿Son esos los chismes tan ansiosamente buscados?

–¿Quién es ese hombre? –preguntó Takis.

–¿Es ese el asesino? –preguntó Hansi.

Yo asentí.

El del *loden* hizo una pequeña reverencia y dijo:

–Mi nombre es Huber. Soy el propietario de una

pequeña agencia de detectives privados. ¡Fui contratado por el señor Friedemann Vranek, para encontrar los documentos robados!

Apreté los sucios papeles con fuerza contra mi pecho.

–Pero el profesor Vranek me ha despedido. Él mismo se ha hecho cargo del asunto –dijo el del *loden* preocupado. Sacó un puro del bolsillo de su abrigo, se lo metió en la boca, pero no lo encendió.

–Aquí apesta –dijo, y luego añadió–: ¡He venido aquí porque estoy muy inquieto!

El señor del *loden* nos pidió que le acompañáramos al parque de enfrente. No quería quedarse allí con ese asqueroso olor, pero nos dijo que tenía que hablar urgentemente con nosotros.

Yo estuve de acuerdo, pero Wolfi exclamó:

–¡No podemos! La madre de Lele está mirando por la ventana que da a la calle, ¡esperando furiosa el regreso de su hija!

–Vámonos al sótano, al club –propuso Takis.

Abandonamos el patio y a hurtadillas nos dirigimos a la puerta del sótano. Pero el del *loden* no iba a hurtadillas, caminaba muy normal, lo que daba a entender que era un mal detective. Ese hombre no parecía tener ni la más mínima fantasía porque al parecer no era capaz de imaginarse lo que habría pasado si la señora Smetacek llega a vernos, a nosotros y el patio tal como lo habíamos dejado.

Mientras bajábamos la escalera del sótano, por fin tuve ocasión de preguntarle a Wolfi por mi madre. Wolfi me informó de que mi madre estaba completamente desconcertada. Que no podía decidirse entre los distintos sentimientos que la asaltaban. Al no llegar yo a tiempo del colegio, se asustó y llamó al colegio y allí le dijeron que hoy no había clase. Así que quiso hablar con papá para decirle que yo había desaparecido y llamó a su oficina, y allí le dijeron que papá no estaba en la oficina y que se había tomado un día libre. Y luego, por si fuera poco, fue a verla la señora Pribil y le contó unas cosas muy extrañas, y ni siquiera Vranek estaba en casa, porque ese también había desaparecido de madrugada. Y que ahora –continuó contando Wolfi–, mi mamá no sabía si estar furiosa o si debía estar preocupada.

Al del *loden*-Huber nuestro Club del Sótano le pareció «bastante acogedor». Sacó un pañuelo de papel del bolsillo del abrigo, limpió con él el cajón del carbón y se sentó sobre la caja limpia. Me miró.

–Vas a ensuciarte –dijo señalando el taco de papeles en mis brazos.

–Tengo que quemarlos –murmuré.

–Están demasiado mojados, así no arderán –exclamó Hansi.

Wolfi Reisl tomó de un rincón del trastero un saco de carbón hecho jirones.

–Tíralo aquí dentro –dijo sosteniéndolo abierto. Yo dejé caer los documentos en el saco. Wolfi agarró el saco, se agachó y lo embutió en la estrecha rendija que había entre el suelo del trastero y el depósito del carbón.

–Ahí pueden seguir pudriéndose –se rió.

–A lo mejor le crecen champiñones –se rió Hansi dándole un puntapié al último pico del saco que asomaba debajo del depósito.

El del *loden* carraspeó y empezó a hablar.

–¡Estoy preocupado! –El largo discurso del del *loden*-Huber, de forma resumida, decía lo siguiente:

–Soy un simple detective privado. Divorcios y cosas así. Ni siquiera quise hacerme cargo del extraño encargo que me hizo ese excéntrico profesor Vranek, pero me dio un sustancioso adelanto que yo necesitaba urgentemente porque debía las facturas del gas y de electricidad. El profesor Vranek me explicó que un tal señor Binder le había robado su invento y que ahora pretendía venderlo a potencias extranjeras. Pero como intenté quitarle esa idea de la cabeza, me despidió. –Y luego, al final de su largo discurso añadió–: Y ahora estoy preocupado. –Se quitó el sombrero con la brocha de pelo de gamuza de la cabeza y se rascó las entradas de su sien.

Se me puso la piel de gallina por todo el cuerpo cuando sospeché el porqué de su preocupación.

–He venido aquí –dijo el del *loden* suspirando–, para prevenir al señor Binder. ¡La gente como ese Vranek puede ser peligrosa!

Y luego el señor del *loden* me preguntó cuándo solía volver papá de la oficina a casa.

El susto que tenía en el cuerpo cada vez iba a más.

–Mi papá no está en la oficina –contesté–, se ha ido a pescar en secreto. Él también debería estar ya de vuelta, ya que siempre llega de la oficina a las tres y media y mamá no debe enterarse de lo de la pesca.

El señor del *loden* consultó su reloj de muñeca, Hansi le alumbró con su linterna para que pudiera ver. El señor del *loden* murmuró:

–¡Maldición!

–*Baa..., habrá olvidado tiempo mientras cazar pez* –me intentó consolar Takis.

Yo moví la cabeza negativamente. Mi padre no olvidaba «el tiempo» cuando se iba en secreto a pescar.

En el pasillo del sótano se empezó a oír bullicio. Reconocí las voces de Edi y Joschi y también las de Irene y Jonni Huber. Inmediatamente después aparecieron todos en la puerta del trastero de los Reisl y se nos quedaron mirando de forma estúpida, a nosotros y al del *loden*. Edi Meier nos dijo que nos largáramos, que querían celebrar allí su reunión. Recalcando especialmente lo de «su».

No nos largamos. Wolfi dijo que, en primer lugar, nosotros éramos tan verdaderos miembros del Club del Sótano como ellos y, en segundo lugar, ese trastero era el de sus padres, de modo que si alguien tenía que largarse eran ellos.

El señor del *loden*-Huber evitó que llegáramos a las manos y puso a los otros al corriente de la situación. (Por cierto, ¡que típico! A él le creyeron. Solo porque es adulto y es detective. ¡A mí me habrían salido llagas en la lengua de tanto hablar y no me habrían creído!)

A parte de unas cuantas miradas venenosas –principalmente entre Edi y yo– volvíamos a ser un Club del Sótano unido. Irene, a la luz de la linterna, incluso me limpió cantidad de restos de basura del abrigo.

A pesar de que el del *loden*-Huber era una buena persona, tenía unas ideas muy raras acerca de cómo debía continuar el asunto. Quería esperar a ver si mi padre finalmente volvía a casa y si al día siguiente por la mañana papi no había vuelto, entonces iba a avisar a la policía. Eso para mí era completamente inaceptable. Primero porque una buena hija no deja a su padre toda una noche en la incertidumbre y segundo porque eso habría significado que me quedaba completamente desamparada frente a mi madre. Y una cosa tenía yo muy clara: si alguna vez en toda mi vida volvía a cruzar el umbral de la puerta cinco, ¡lo haría únicamente acompañada de mi padre!

El señor del *loden* nos suplicó que no hiciéramos nada. ¡Que no se trataba de un asunto para niños pequeños!

Se lo prometimos, pero cruzando dedos y piernas, lo que, como es sabido, invalida la promesa.

Al final, el señor del *loden* nos dio su número de teléfono. Me pidió que se lo diera a papá cuando volviera y que papá le llamara enseguida.

Eso también se lo prometí.

Luego, el señor del *loden*-Huber fue dando trompicones por la entrada del oscuro sótano hacia la escalera de salida.

Oímos como arriba en la puerta del sótano se topó con la señora Smetacek, que le preguntó qué hacía él en un sótano ajeno. Y luego escuchamos el desgarrador grito de la señora Smetacek. Gritaba como si el del *loden* la hubiera atravesado con una espada. ¡Pero nada de eso! En realidad la mirada de la señora Smetacek había recaído sobre la puerta de cristal que da al patio y por consiguiente sobre la devastación del patio.

Los gritos y lamentos eran desoladores. La señora Smetacek se quejaba como una viuda india en un funeral. Su «Dios mío, Dios mío, Dios mío» tronó voz en grito por la ventana del trastero y nos desgarró el corazón.

–*¿Dónde cazar papá pez?* –preguntó Takis.

Contesté que probablemente cerca de nuestra cabaña de baño junto al Danubio, porque de no ser así no le habría visto el señor Krenn en el aparcamiento.

–*Nosotros ir a cabaña de baño* –explicó Takis.

–Yo no puedo. Tengo que irme a casa –dijo Jonni Huber.

–Eso es lo que deberíamos hacer todos –replicó Irene.

–¡Pero yo más! ¡Porque hoy es mi cumpleaños! –nos dijo Jonni Huber.

Eso era comprensible. Pero antes, Jonni tenía que hacernos un favor de amigo.

La puerta del sótano estaba al lado de la puerta del patio. En la puerta del patio estaba la señora Smetacek, protestando y recogiendo basura con una pala. No podíamos caer en sus manos. Jonni tenía que entretenerla. Como él no vivía en nuestro bloque, no era, por tanto, un súbdito directo de la señora Smetacek y podía mirarla sin miedo a la cara. Subimos sigilosamente los escalones del sótano y contuvimos la respiración. Luego, Jonni abrió la puerta del sótano, dio dos pasos hacia la puerta del patio, llamó la atención de la señora Smetacek dándole suavemente con un dedo en el trasero, y preguntó:

–Hola, ¿qué está usted haciendo?

La señora Smetacek se revolvió como una furia y oímos:

–Niño tonto, acaso no ves que estoy recogiendo basura...

No oímos nada más. Había llegado la hora. Salimos disparados del sótano, como una exhalación cruzamos el portal, salimos por la puerta y corrimos carretera abajo. Yo salí la última del portal, pero llegué la primera a la parada del tranvía. Adelanté incluso a Joschi, que siempre es el mejor en las carreras. Lo que le había dado alas a mis pies había sido la voz de mi madre saliendo por la ventana de nuestro salón.

–¡Lene, Lene, Lene! –gritó tras de mí. Y para hacer honor a la verdad, tengo que decir que no sonaba enfadada, sino muy desesperada. Casi como si mamá se estuviera ahogando y quisiera que yo la rescatara.

Pero como en nuestro salón uno no se puede ahogar, no me preocupó demasiado.

Tuvimos suerte. El tranvía llegó justo en el momento en que el último de nosotros, Edi Meier, llegó jadeando. Saltamos al tranvía. Joschi dijo que los billetes los tenía que pagar yo, porque se trataba del salvamento de mi papá. ¡Menos mal que tenía el billete de veinte para la Asociación de Padres y la Cruz Roja!

El viaje duró media eternidad. Y encima tuvimos que hacer dos trasbordos.

A Christos le ocurrió una desgracia. En la rotonda, durante uno de los trasbordos, al galopar de un tranvía a otro, perdió un zapato. Es que siempre lleva zapatos demasiado grandes.

La gente del tranvía miraba con curiosidad el pie descalzo de Christos con el calcetín agujereado. Yo pensé, ahora se levantará enseguida alguien y le regalará doscientos chelines para que se compre unos zapatos nuevos. Pero me equivoqué. Lo único que ocurrió fue que una mujer dijo que aquello había que denunciarlo a Asuntos Sociales y un hombre que los sureños estaban acostumbrados a andar descalzos.

¡Entonces, por fin llegamos a la última estación de término!

Bajamos la calle hacia la colonia de huertos «Baño-Alegre». En la entrada de la colonia hay una gran verja a modo de portón. Por el camino que hay detrás no pueden pasar los coches, por aquello de salvaguardar la paz y la tranquilidad.

En el aparcamiento ante la verja había un coche. ¡Era el de papá!

Fue extraño. Por un lado me sentí aliviada al ver el Renault verde-hierba, pero por otro lado me entró mucho, mucho más miedo. Intenté imaginarme a mi papá como un ensangrentado cadáver ante la cabaña de baño. ¡Era inimaginable!

Bajamos por el camino de la colonia. En cada tercer huerto se bifurca un estrecho sendero lateral. Los huertos estaban desiertos de gente. Las manzanas y peras ya habían sido recolectadas. Únicamente los aster estaban aún en flor.

Entonces llegamos al penúltimo sendero lateral. El tercer huerto era el nuestro. Al principio, los ciruelos del vecino nos impedían la vista a nuestro huerto, ¡pero luego lo vimos! Apoyado contra la fachada de la cabaña estaban los artilugios de pesca de mi padre, y delante de la puerta atrancada de la cabaña de baño, sobre una tumbona de jardín roja, ¡estaba el profesor Friedemann Vranek!

Habría sido mejor que me hubiera comportado de otro modo, pero no pude.

Grité a todo pulmón:

—¡Papá, papá, papá, papá! —y corrí hacia la puerta de nuestro huerto. Los demás miembros de nuestro club me siguieron. Vranek saltó de la tumbona, nos miró atónito, empezó a temblar como un martillo neumático, agarró su maletín portadocumentos que estaba junto a la tumbona del jardín, y corrió como alma que lleva el diablo cruzando nuestros rosales, hacia la verja trasera del huerto. Trepó por encima de nuestra plantación de flores perennes y luego por encima de la valla y después desapareció. Corrí todo lo rápido que pude hacia la puerta de la cabaña. La llave estaba puesta por fuera. Bajé la manecilla. La puerta estaba cerrada con llave. Giré la llave de la cerradura. Por un momento mi corazón se detuvo. Hansi abrió la puerta.

Mi papá estaba tumbado sobre la cama de camping, fumándose un cigarrillo y dijo:

—¡Buenas tardes, señores!

Me abalancé sobre él y me eché a llorar de la emoción. Papá me acarició. Creo que él también estaba muy emocionado.

Y luego dijo que habíamos llegado justo a tiempo, porque justo se estaba fumando su último cigarrillo, y sin cigarrillos le habría sido muy difícil aguantar la ocupación de Vranek. Papá nos contó lo sucedido mientras se fumaba ese último cigarrillo.

Papá había salido por la mañana de casa. Vranek le siguió. Papá no sospechó nada. Se dirigió hacia el coche que tenía aparcado en el callejón, frente a la Delegación Provincial. Allí enfrente está la parada de taxis. Papá se subió al coche, Vranek a un taxi. Papá arrancó, el taxi también. Papá pensó que se trataba de una casualidad.

Papá condujo hasta el barrio cercano al río, se bajó del coche, se encontró allí con el señor Krenn, compró tres bocadillos de embutido, volvió a subirse al coche, arrancó, miró en su retrovisor y vio detrás de él un taxi con Vranek sentado en él. Aquello ya no le pareció una casualidad. Condujo lentamente a la colonia. El taxi le siguió. Papá aparcó. El taxi se detuvo, Vranek pagó, se bajó, el taxi dio la vuelta.

Papá sacó los artilugios de pesca del coche, Vranek se acercó a papá y dijo:

–¡Bonito punto de encuentro, señor mío! ¡Pero se equivoca, no lo voy a permitir! ¡No malvenderá mi invento a potencias extranjeras!

Mi papá perdió la paciencia. Y le gritó que por él como si se quedaba allí para siempre.

Papá agarró sus artilugios de pescar y se fue al huerto. Pensó que ahora Vranek se habría ofendido y que se habría ido a casa. Pero por si acaso, papá miró un par de veces hacia atrás. Ni rastro de Vranek.

Papá abrió la puerta de la cabaña con llave y entró en ella. Quería cambiarse de ropa. Para pescar siempre lleva un pantalón viejo.

Nuestra cabaña tiene una puerta y dos ventanas, pero las ventanas tienen contraventanas de madera y estas están cerradas por fuera con un candado.

Papá dejó la puerta abierta y se cambió de ropa. Justo estaba de pie en calzoncillos queriéndose enfundar los viejos pantalones de pescar cuando se cerró la puerta. Papá pensó que había sido el viento. La cabaña se había quedado completamente a oscuras, así que avanzó a tientas hasta la puerta y quiso abrirla. Pero estaba atrancada. Papá no sabía qué pensar así que fue a tientas a una de las ventanas, buscó el pestillo y lo abrió. Pero ante la ventana estaban las contraventanas de madera; cerradas a cal y canto por fuera con el candado. Papá intentó abrir una hoja de la contraventana a empujones. Y mientras empujaba, jadeaba y echaba todo su peso contra la madera, oyó de repente a alguien, fuera en el huerto, reírse.

Entonces papá comprendió que no había sido el viento, sino Vranek el que le había encerrado.

Papá gritó:

–¡Profesor Vranek, déjeme salir inmediatamente!

–¡No, no, no! –Gritó Vranek.

Y añadió voz en grito, que se había dado cuenta de que papá se había citado allí con las potencias extranjeras para venderles su invento. Y que él, Vranek, iba a esperar a que llegaran y les iba a explicar que ellos no tenían ningún derecho sobre su invento. Que únicamente estaba destinado al señor ministro de Educación y que era para uso exclusivo interno de los colegios.

Así que Vranek y papá estuvieron esperando durante horas a que llegaran los representantes de las potencias extranjeras. Solo para distraerse, cada media hora papá gritaba que Vranek entrara y comprobase por sí mismo que no tenía ningún invento consigo.

–No soy tan tonto –gritaba entonces Vranek de vuelta–. Ya sé que usted es mucho más fuerte que yo. ¡Usted me reduciría!

A primera hora de la tarde Vranek aseguró que ya venían las potencias extranjeras porque un helicóptero sobrevolaba el viejo Danubio. Y cuando luego el helicóptero no aterrizó como él había previsto, dijo que era porque las potencias extranjeras se habían olido algo. Le exigió a papá que le pasara los documentos ARA por debajo de la puerta. (Entre el suelo y la puerta de la cabaña hay un hueco de un centímetro de altura.)

Pero como papá no le pasó nada por debajo de la puerta, Vranek se enfureció. Golpeo la puerta y aseguró que iba a incendiar la cabaña de baño con papá dentro. Papá intentó tranquilizarle y hablar con él para que se olvidara de lo del incendio.

Papá le preguntó que por qué no volvía a anotar lo de su invento. Y Vranek le contestó ¡que ya lo había hecho! En el maletín que tenía a su lado estaba la definición de su invento. Aún mejor que la de su primera transcripción. ¡Terminada y lista para el ministro de Educación!

Pero, continuó explicando Vranek, necesitaba también la vieja transcripción para evitar que cayese en las manos equivocadas y que alguien pudiera sacar provecho sin la debida autorización.

Justo cuando papá aseguraba por centésima vez que él no tenía los documentos ARA, llegamos nosotros y Vranek se dio a la fuga.

Una vez papá terminó su relato, nos quedamos allí sentados como pasmarotes.

Así que al final había ocurrido exactamente como lo había profetizado Takis:

¡Lo que uno ha pensado una vez, lo puede volver a pensar y lo puede volver a escribir!

Pero papá no era un pasmarote, quería algo de beber y más cigarrillos y también quería saber cómo le habíamos descubierto, y se hacía cruces sobre cómo iba a transportar a tantos niños en su coche.

Pero papá no tenía que haberse roto los cascos pensando en cómo iba a transportar a nueve niños en su coche porque nuestro coche tenía exactamente cuatro pinchazos. Con un cuchillo le habían pinchado las cuatro ruedas. Bajo el limpiaparabrisas habían enganchado una nota en la que ponía:

¡No se va a librar de mí tan fácilmente! ¡Satán, que es usted un Satán!

Papá se subía por las paredes. Luego recorrimos todo el camino de vuelta hasta el puente del viejo Danubio, a pie. Allí entramos en una taberna.

En realidad papá solo quería comprar cigarrillos y llamar por teléfono para pedir dos taxis, pero en la taberna olía tan deliciosamente bien a gulasch[6] y a salchichas, y a cerveza y a zumo de manzana, que todos nos dimos cuenta del hambre y la sed que teníamos. Pasó bastante tiempo hasta que el viejo camarero nos despachó las salchichas y gulasch, y las cervezas, coca-colas y los zumos de manzana. Después papá quiso saber todo sobre los documentos ARA. Dijo que se había ganado el derecho a enterarse después de lo mal que lo había pasado. Así que le contamos a papá todo el asunto y papá se quedó, simple y llanamente, planchado.

---

6. Gulasch es una especialidad culinaria húngara muy popular en Alemania y Austria. Son trozos de carne en salsa picante con diferentes clases de pimientos y cebolla.

Tuvimos que asegurarle al menos diez veces que le estábamos diciendo la verdad, toda la verdad y nada más que la verdad.

Cuando terminamos de comer, de beber y de hablar, y papá terminó de pagar, llamó por teléfono y pidió dos taxis. Al parecer habíamos comido, bebido y hablado mucho, porque cuando salimos de la taberna era de noche. Nos subimos a los taxis. Yo me senté al lado de papá.

–¿Has pensado ya en lo que le vamos a contar a mamá? –le susurré a papá.

–Llevo pensando en ello desde hace horas –me contestó susurrando también.

A mi lado estaba sentado Hansi.

–¿Por cierto, qué hora es? –preguntó inquieto.

–Las diez y diez minutos –contestó el taxista.

–¡Virgencita, Virgencita, ayúdame Virgencita mía, mi madre seguro que ya habrá ido a la policía! –exclamó Wolfi Reisl, que iba sentado al lado del taxista.

–Eso rima –dijo el taxista.

Giramos en nuestra calle y casi me da un patatús. En la acera, delante de nuestro portal había una reunión de padres. Mi mamá, la señora Krenn, el señor Krenn, la señora Reisl, la señora Patakos, la señora Smetacek, el papá de Joschi Birninger, el papá de Irene Matouschek, la abuela de Edi Meier y el señor Reisl.

–Maldita sea mi estampa –susurró Hansi.

Nos dirigimos hacia la reunión de padres. La señora Krenn fue la primera en descubrirnos. Alargó su brazo y señaló en dirección a los dos taxis.

–Yo no me bajo del coche –dijo Joschi.

–Yo tampoco –dijo también Hansi.

Pero naturalmente no nos quedó otro remedio que salir.

Dicho sea de paso.

Es verdaderamente enriquecedor ver de qué manera tan distinta acogen los padres nuevamente a sus niños, cuando los creían perdidos. (Más aún, cuando a todos se les había echado en falta del mismo modo y durante el mismo periodo de tiempo.) A Hansi le abrazaron los Krenn como si su hijo hubiera resucitado de entre los muertos y mientras tanto hubiera recibido el premio Nobel a título póstumo. Los Reisl también se abrazaron, pero haciéndolo ponían unas caras como si a Wolfi se le hubiera escapado el premio Nobel de entre los dedos. La señora Patakos hablaba mucho y alto. Como no hacía más que mirar el pie descalzo de Christos, supongo que diría algo relacionado con el zapato perdido. A Joschi Birninger su padre le arreó una bofetada doble, y la abuela de Edi empezó enseguida a sollozar como una vieja india en un funeral, sujetando la mano de Edi con fuerza, como si temiera que se le pudiera volver a perder. Únicamente Matouschek se comportó con normalidad. Dijo:

–Buenas noches –y bajó con Irene hacia el bloque de la esquina, en el que viven los Matouschek.

A todo esto, la señora Smetacek iba saltando de una familia recién reunida a otra familia recién reunida, preguntando a qué niño podía ahora responsabilizar de la guarrería del patio. Se me ha olvidado por completo describir lo que hizo mi mamá porque resulta que no hizo nada. Para ella, simplemente había sido demasiado. ¡Al fin y al cabo a ella no solo se le había perdido una hija, sino que también se le había perdido un marido!

Y por último, eso ya fue el colmo, todos los padres le dieron las gracias a mi papá. Le estrecharon la mano y dijeron:

–¡Estamos en deuda con usted, querido señor Binder!

¡Creían seriamente que mi papá nos había ido a buscar, nos había encontrado y nos había traído de vuelta a casa! Y lo más increíble fue que mi papá se dejó estrechar la mano y recibió con humildad los agradecimientos.

El único que no le dio la mano fue Birninger. Este dijo:

–¡Señor mío, le hago sabedor de que a partir de ahora mi hijo ya no tiene permitido jugar con su hija porque es una pésima influencia para él!

–Tomo nota –le contestó mi papá riendo y con tono amable, pero por alguna razón, de repente, todos los padres me miraron con cierta hostilidad y desconfianza. Me vi allí en medio, como si fuera una super secuestradora y me entró tal rabia que le dije al viejo Birninger:

–El presidente de nuestro club es su Joschi. ¡Yo solo soy un simple socio más!

¡Cómo iba yo a imaginarme que acto seguido Birninger le iba a volver a dar a Joschi otras dos bofetadas!

–¡Pero deje ya de pegarle al chaval, hombre! –exclamó el padre Reisl.

–Que yo pegue a mi hijo o no, le importa a usted un comino –contestó Birninger, y para que Reisl no tuviera duda de que le importaba un comino, le dio a Joschi otras dos bofetadas más.

Mi mamá dijo:

–¡Por favor vámonos!

Entramos al bloque y subimos la escalera. Mamá por delante, tres escalones por detrás, papá y yo.

Cuando llegamos al recibidor y nos quitamos los abrigos, mamá empezó a llorar. ¡Que le rompíamos el corazón, que somos rudos y desconsiderados, que

no tenemos vergüenza, que pescamos en vez de ir a la oficina, que fingimos ir al colegio y en vez de eso cometemos allanamiento y enguarramos el patio! ¡Y que la matamos a disgustos!

Y eso no lo dijo una vez, sino como la canción *Un elefante se balanceaba en la tela de una araña y como veía que no se rompía fue a avisar a otro elefante.* Una y otra vez se quejaba.

Al llegar aproximadamente al séptimo elefante, papá empezó a gritar. En serio, gritó que mamá cerrara la boca. Eso fue tan poco habitual, que mamá realmente cerró la boca.

Papá siguió gritando, pero ya no tan fuerte. Gritó:

—¡Tu querido profesor Vranek es el que nos ha ocasionado todo esto! ¡Tu profesorcito! Que por cierto, ¿dónde está ese lunático? —Papá fue hacia la puerta de Vranek y zarandeó la manilla de la puerta.

—El profesor lleva fuera desde esta mañana temprano y no ha vuelto —dijo mamá sonándose las lágrimas.

—¡Y que ni se le ocurra volver nunca más por aquí porque si no le haré a Birninger un encargo de bofetadas solo para él! —gritó papá, se fue al dormitorio y cerró la puerta de un portazo tras de sí.

Desconcertada, mamá le siguió con la mirada. Mamá me daba lástima.

Le pregunté:

–¿Quieres que te lo cuente todo?

Mamá asintió con la cabeza.

Nos fuimos a la cocina.

Al parecer mamá ya no estaba enfadada porque abrió, expresamente para mí, una lata de carne en conserva. Yo estaba bastante llena de mostaza y salchichas, pero no quise hacer enfadar a mamá. Me comí el dado entero de carne. Mamá ni siquiera me reprendió que lo acompañara con pan.

Yo empecé la historia desde el principio, cuando Vranek habló por primera vez de su invento.

Tal como era de esperar mamá dijo:

–Pues la verdad es que sería una cosa sensacional –pero también reconoció que los niños podrían tener objeciones al respecto.

Después de innumerables interrupciones como «Bueno, bueno Lene» o «Lene, eso no está permitido» o «Lene, por favor» o «Hay que ver lo que se os ocurre», acabé con mi informe.

Mamá me mandó a la cama.

–¿Aún te cae bien Vranek? –le pregunté.

Mamá puso el plato de carne de lata en el fregadero, giró los grifos de agua y dijo:

–Sí, ¡aún me cae bien el profesor Vranek!

–Entonces seguirá quedándose aquí a vivir –dije enfadada y miré fijamente y furiosa a mamá.

Mamá cerró el grifo del agua con fuerza.

–No –contestó– ¡no se quedará! ¡Hay un montón de gente que me cae bien y que no vive aquí! –Miró con la mirada perdida el fregadero, el desagüe y murmuró:

–¿Dónde estará ahora? Pobre profesor.

Yo también me preguntaba lo mismo. Incluso cuando ya estaba en la cama, me lo seguía preguntando. Y durante la noche soñé que Vranek había vuelto a casa. Cuando me desperté a la mañana siguiente aún estaban todos durmiendo. Fui a por la llave de reserva y eché un vistazo a la habitación de Vranek. Dentro no había ningún Vranek. Pero los ratones chillaban que se le encogía a uno el corazón. Estaban muy hambrientos, ya que la habitación de Vranek no era ninguna despensa. Fui a la cocina y tomé un cuenco de plástico y una loncha de tocino fresco. Coloqué el tocino en el cuenco y puse el cuenco de canto sobre la alfombra de la habitación de Vranek. Los ratones salieron del montón de papeles. Entraron como buenos ratoncitos en el cuenco. Yo lo volqué y los ratones quedaron atrapados. Llevé el cuenco con los ratones bajo mi cama. Me senté en el canto de mi cama, observé a los ratones mordisqueando el tocino y suspiré.

Eran exactamente las seis de la mañana cuando fijé mi plan final. No lo hacía con gusto.

¡Todo lo contrario!

¡Pero era necesario!

Tenía que hacerlo sola, primero, porque ya no había tiempo suficiente para avisar a los demás, y segundo, porque no quería volver a ser la responsable de bofetadas. ¡La suerte de todos los niños del mundo, recaía ahora exclusivamente sobre mis tiernos hombros!

Me puse mi mejor vestido, el abrigo de los domingos, los zapatos negros de charol, los que me aprietan en los talones, y sobre la cabeza me enfundé un auténtico gorro escocés. Me dejé el pelo suelto y me llegaba hasta los hombros. Me contemplé en el espejo y confirmé: ¡Más guapa imposible! ¡Me había sacado el máximo partido!

Escribí una nota:

Queridos padres, lo siento pero tengo que irme otra vez, no tengo más remedio y, ¡os prometo que será la última vez!

Lene y/o Leo

P.D.: ¡Por favor no os enfadéis, de todos modos hoy a primera hora solo tengo canto y la segunda la tenemos libre y a la tercera seguro que llegaré a tiempo!

Os quiere,

Lene y/o Leo

Enganché la nota bajo el marco del espejo del recibidor. Luego, quise llevarme mi cartera del colegio. Registré desesperadamente toda mi habitación y el recibidor, hasta que me acordé de que la cartera seguía estando junto al fantasma del arbusto.

Abandoné el piso y la casa y bajé a la calle, pasando por delante del Madeleine, donde dos borrachos estaban discutiendo, hasta llegar a la última estación del tranvía y hasta el fantasma del arbusto.

–Buenos días fantasma del arbusto –dije. El alcalde miraba alelado, pero había cuidado bien de la cartera. Saqué el pesado bolso a tirones de entre las lilas y crucé hacia la parada del tranvía.

El tranvía llegó, yo subí.

Me compré un billete infantil y pregunté al revisor:

–Por favor, ¿cómo puedo llegar al Ministerio de Educación?

El revisor me lo explicó. En la estación final central del tranvía me bajé, y crucé caminando la ciudad.

Las tiendas aún estaban cerradas. Solo había una pastelería abierta. Me compré un *Kipferl*[7]. Continué andando, masticaba y tragaba, y me sentí más sola que nunca. Delante del Ministerio de Educación hay una

---

7. Repostería en forma de cuerno parecido al croissant.

plaza muy grande con una iglesia muy antigua en el centro y un minúsculo parque alrededor. Me apoyé contra la pared de la iglesia, justo enfrente de la entrada del Ministerio. Dejé caer la cartera. También me quité los zapatos. Tenía los talones ya irritados. Me escocían como mil demonios. Sentí lástima de mí misma.

No tuve que esperar mucho. Él apareció por una callejuela lateral. Iba sin afeitar, estaba pálido. Su pantalón estaba arrugado, su chaqueta sucia. Bajo el brazo llevaba el maletín. Si no hubiera sabido que el profesor Vranek es un sujeto muy peligroso, me habría dado pena.

Vranek no perdía de vista la puerta de entrada del Ministerio de Educación. Yo no le perdía de vista a él. No sé cuánto tiempo nos mantuvimos así.

El campanario de la iglesia con su reloj hizo sonar varias veces sus campanas para anunciar... no sé qué. No le presté atención.

Al principio, aparte de un par de viejas que cruzaron la plaza para ir a la iglesia, Vranek y yo estuvimos prácticamente solos en la plaza. Pero luego, empezaron a llegar gente y coches. Cuanto más tiempo permanecía apoyada contra la pared de la iglesia más difícil se me hacía vigilar a Vranek, a pesar de que él continuaba más tieso que una farola junto a la esquina. Entre Vranek y yo no dejaban de pasar coches y las aceras se llenaron de gente que me tapaba la visión.

Luego, debían ser cerca de las ocho, porque niños con carteras de colegio pasaron por mi lado.

Parece ser que ahora es cuando empezaba el horario laboral del Ministerio de Educación porque muchas mujeres y hombres desaparecían tras la puerta del Ministerio.

Vranek seguía tan tieso como una farola en la esquina.

Y entonces... y eso fue un pequeño problema... llegaron tres coches a la vez y se detuvieron, y yo estaba en el lado equivocado y no podía ver quién se apeaba de ellos.

Vranek descubrió al ministro de Educación antes que yo. Echó a correr y a serpentear entre el gentío. Los coches aparcados me tapaban la vista, pero sabía una cosa: si Vranek corre, yo también tengo que correr.

Así que eché a correr. La cartera del colegio aún la pude agarrar, pero ya no tuve tiempo para meterme en los zapatos. Galopé en medias atravesando toda la plaza, pasé entre dos coche, bordeé otro coche, pasé entre dos hombres y grité:

–¡No, no, no, por favor señor ministro de Educación, por favor, no debe usted comprar, bajo ningún concepto, esa cosa es horrible, usted no debe comprarlo!

Cuando corro, siempre cojo demasiado impulso. Choqué directamente con el ministro de Educación. Pero como tenía una constitución muy robusta, no le tumbé. Aunque desgraciadamente mi cartera voló contra su espinilla y él dijo «¡Ay!» y, además, esa maldita cartera se abrió porque el cierre izquierdo llevaba ya roto desde el año pasado y el cierre derecho desde hacía un par de semanas. Mis cuadernos, libros y lápices se esparcieron por el suelo. ¡Gracias a mi madre, el contenido al menos estaba presentable!

El señor ministro me ayudó a recoger los cuadernos y, como él se agachó, se agacharon también otras cinco personas más para ayudarme a recoger. Pero resulta que yo no tenía tantos cuadernos, ni tantos libros, ni tantos lápices para recoger. El señor ministro volvió a meterlo todo en la cartera del colegio. Era una persona altamente inteligente, de verdad, porque se dio cuenta enseguida de que el cierre izquierdo se atascaba.

¡Y también es fuerte! Dobló el gancho interior de la cerradura simplemente con el pulgar, colocándolo de nuevo a su sitio. ¡Mi papá había dicho que para eso primero tenía que comprar una tenaza muy especial!

Pero todo eso lo pensé mucho más tarde. En aquel momento no hacía más que repetir una y otra vez:

–¡No debe usted comprar porque es horrible, no debe usted comprar, no debe!

El ministro me dijo:

–Si yo de todos modos no compro. ¡No tengo dinero de una forma o de otra! ¿Pero de qué se trata?

De buena gana me habría abrazado a su cuello. Pero primero, estaba la cartera del colegio entre él y yo, y segundo, no sabía si eso le agradaría.

Además tenía que ocuparme de Friedemann Vranek. Me levanté. El señor ministro también. Abrió y cerró, y abrió y cerró el cierre de la cartera del colegio y se alegró de que hiciera nuevamente *clic-clac*.

Vranek estaba detrás de dos hombres que estaban detrás del ministro de Educación. Oí como murmuraba una y otra vez:

–Permiso –, y vi como intentaba colarse entre medio de esos dos hombres. El ministro de Educación quiso saber otra vez qué era lo que no debía comprar, y un señor a mi lado dijo como el narrador de cuentos del programa radiofónico infantil:

–¡Venga, pequeña, atrévete, que no mordemos!

Tuve que dejar de lado al narrador de cuentos y al ministro de Educación, porque tenía que librar una solitaria y silenciosa batalla.

Vranek había conseguido meterse entre los dos hombres.

Le miré fijamente, tan fijamente como jamás en toda mi vida había mirado a nadie. Como un taladro, clavé mi mirada en los ojos del profesor Vranek. Los músculos del cuello empezaban ya a resentirse de tanto mirar fijamente.

Y así, sin prisa pero sin pausa, Vranek empezó a temblar. Al principio poco y con suavidad, como el follaje de un chopo.

El señor ministro dejó de *cliquear* con el cierre de mi cartera y miró a Vranek con curiosidad. Ahora Vranek temblaba ya como un álamo zarandeado por una tormenta de verano.

–¿No se encuentra usted bien? –Le preguntó el ministro de Educación a Vranek.

Me acerqué un paso más a Vranek y le clavé mi mirada en la cabeza.

Vranek temblaba como un junco fustigado por una ventisca.

–Este hombre no se encuentra bien –exclamó el ministro de Educación.

Vranek temblaba como un martillo neumático.

El ministro de Educación me puso la mano sobre el hombro. Creo que pensó que yo le tenía miedo a Vranek. Los dos señores quisieron sostener a Vranek.

Yo me acerqué un paso más a Vranek, ahora estaba muy cerca delante de él, le miré fijamente como lo haría un encantador de serpientes y a continuación le pregunté:

–Señor, ¿qué le ocurre?

Vranek se estremeció de tal forma que casi se levantó del suelo, se dio media vuelta y salió corriendo.

Es una imagen muy extraña, cuando una persona temblorosa intenta correr. Vranek atravesó la plaza corriendo como un conejo de pascua condenado a muerte; ante la iglesia hizo un giro brusco y desapareció tras la esquina de un edificio.

El señor ministro y los demás señores le siguieron con sus miradas.

–¿Y ese quién era? –Preguntó el señor ministro a los dos señores que habían querido sostener a Vranek.

Los dos señores se encogieron de hombros.

–Era el profesor Friedemann Vranek, profesor de Matemáticas retirado –contesté yo.

–¿Y qué es lo que quería? –preguntó el señor ministro.

Los dos señores volvieron a encogerse de hombros.

–¿Acaso lo sabes tú? –me preguntó el señor ministro. Yo le contesté:

–Sí, lo sé. ¡Pero esa es una larga y terrible historia!

–Me gustan las historias largas y terribles –dijo el señor ministro y luego añadió–: ¿Pero dónde tienes tus zapatos? ¡Te vas a resfriar!

Señalé hacia la iglesia.

Increíblemente uno de los señores cruzó la calle y volvió con mis zapatos de charol.

–Gracias –dije y me enfundé los zapatos.

–¿Quiere usted oír la historia? –pregunté al señor ministro.

El señor ministro de Educación quiso oírla y ¡quiso oírla de inmediato! A pesar de que los dos señores le explicaron que ahora tenía que hacer urgentemente otras cosas. Los dos señores quisieron darme cita para el próximo martes, pero el martes yo tenía examen de matemáticas.

Soy una niña discreta, para nada presumida y tampoco me gusta alardear. Soy, aunque a primera vista no lo parezca, tan considerada, que prefiero comerme las primeras fresas en casa, en vez de en el colegio, para que nadie pueda sentir envidia de mí.

Por esa razón no voy a describir mi conversación matutina con el señor ministro de Educación. A pesar de que una suerte así rara vez le ocurre a un niño y a pesar de que sería tentador escribir lo increíblemente amable que fue conmigo y la deliciosa limonada y la exquisita tarta que me dio, creo que la tarta era de *Demel*[8] y que había sobrado de

---

8. Famoso pastelero real de Viena.

una visita de Estado, pero no lo haré. ¡Nadie debe sentir celos de mí! Únicamente comentaré lo más importante:

El señor ministro de Educación me ha dado su palabra de honor, y sin cruzar dedos ni pies, ¡que bajo ningún concepto le comprará a Vranek su máquina! Y dijo que si Vranek intentara hacerle una visita, que ni siquiera le iba a recibir.

Llegué al colegio a mitad de la tercera hora. Un coche negro muy grande con chófer y un número de matrícula muy bajo, me llevó al colegio a petición del señor ministro.

Y también estuve disculpada ante la señora directora. De verdad que no quiero provocar las envidias de nadie, pero... ¿alguna vez ha podido alguien, además de mí, traer al colegio una nota de disculpa escrita por el ministro de Educación en persona? ¡Pues eso!

Y ahora el final

Para finalizar, una advertencia importante a todos los niños del mundo (Que para eso he anotado toda esta historia). El profesor Friedemann Vranek se ha mudado de nuestra casa. Intentó un par de veces llegar hasta el ministro de Educación, pero sin éxito. Así que escribió cartas a los periódicos en las que decía:

Como vivimos en un país en el que los ministerios le hacen más caso a enrudecidos, deshumanizados y maleducados niños que a investigadores y maestros ancianos y honorables, ¡emigro! ¡Me pondré, a mí y mi invento, al servicio de países que sepan valorarme a mí y mis logros!

Atentamente,
Profesor Vranek

Por eso, niños, ¡estad atentos!

Si tenéis un ministro de Educación que no sea como el nuestro, entonces, ¡tened cuidado! ¡Estad alerta! ¡Observad! ¡No os dejéis engañar! ¡Ojo! Friedemann Vranek podría aparecer y... ¡parece totalmente inofensivo!

P.D.: ¡Pero no todo aquel que se eche a temblar ante vosotros, tiene porque ser Vranek!

FIN

Índice

Christine Nöstlinger

Esta escritora austríaca de literatura infantil, galardonada con el Premio Andersen, nació en Viena y estudió en la Academia de Bellas Artes de su ciudad natal. Empezó a colaborar en periódicos y en la radio en temas de educación, y así entra en contacto con autores de libros infantiles, que la animan a escribir. Enseguida obtuvo el *Deutscher Jugendbuchpreis* (Mejor Libro Infantil publicado en Alemania).

Utiliza un lenguaje sencillo, lleno de humor y ternura, con el fin de atraer y atrapar a los lectores. Tiene más de setenta libros editados.

En 1984, le fue concedido el Premio Andersen por el conjunto de su obra.

Monse Fransoy

Nació en Barcelona en febrero de 1968.

Se formó en la *Escola Professional de la Dona* de la Diputación de Barcelona y en la Escuela de Artes Decorativas de Estrasburgo. Principalmente, se dedica a ilustrar libros infantiles y juveniles, y libros de texto para editoriales de aquí y del extranjero. Lo combina con colaboraciones en el campo de la publicidad y con publicaciones en periódicos y revistas dirigidas al público adulto.

De vez en cuando, utiliza la plastilina para realizar ilustraciones en volumen.